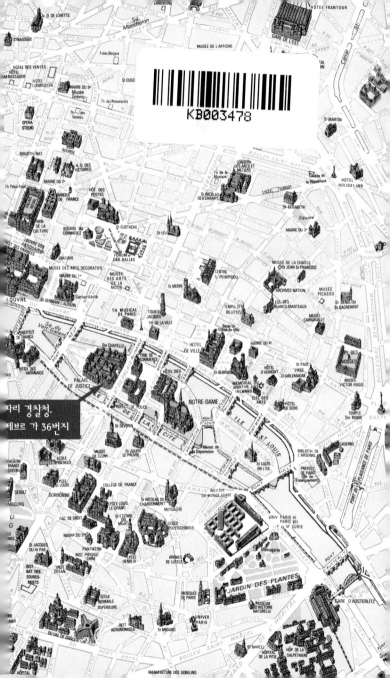

파리 경찰청,
테브르 가 36번지

라 프로비당스호의
마부

SIMENON

Maigret

라 프로비당스호의 마부

SIMENON
Maigret

조르주 심농 · 이상해 옮김

매그레 시리즈 04

이 책은 실로 꿰매는 정통적인 사철 방식으로 만들어졌습니다.
사철 방식으로 만든 책은 오랫동안 보관해도 손상되지 않습니다.

1

제14호 수문

시간대별로 사실들을 꼼꼼하게 재구성해 봤지만, 디지에서 마부 둘이 한 발견이 말하자면 불가능하다는 것 말고는 아무것도 나오지 않았다.

4월 4일 일요일, 오후 3시부터 비가 억수같이 쏟아지기 시작했다.

그때, 마른 강과 옆 운하를 잇는 제14호 수문[1] 위쪽 정박지에는 하행 모터 바지선 두 척, 하역 중인 배 한 척, 선적을 기다리는 배 한 척이 정박해 있었다.

7시가 다 되어 어스름이 깔리기 시작할 무렵, 유조선 〈에코 III〉가 도착을 알렸고, 갑실로 들어왔다.

수문지기는 집에 부모가 방문차 와 있었기 때문에 입

---

1 인위적으로 수위를 조절해 배를 운하의 상류나 하류로 이동시키는 시설인 수문에는 종으로 여닫아 수위를 조절하는 작은 수문과 횡으로 여닫아 배를 드나들게 하는 갑문이 있다.

이 한 자는 족히 나와 있었다. 그는 바로 그때 말 두 필의 느린 걸음에 이끌려 도착한 말끌이 바지선[2]을 향해 못 지나간다는 신호를 보냈다.

집으로 들어간 그는 얼마 안 있어 알고 지내는 마부가 들어오는 것을 보았다.

「지나갈 수 있소? 선장이 내일은 쥐비니에서 자고 싶어 하는데……」

「원하면 지나가. 하지만 문들은 자네가 직접 여닫아.」

빗줄기가 점점 굵어졌다. 수문지기는 마부의 땅딸막한 그림자가 이 문에서 저 문으로 무거운 발걸음을 옮기고, 말들을 앞으로 나아가게 하고, 닻줄을 계주에 거는 것을 보았다.

배가 벽들 위로 천천히 부상했다. 키를 잡고 있는 것은 선장이 아니라 그의 마누라, 요란한 금발에 째지는 목소리를 지닌 뚱보 브뤼셀 여자였다.

7시 20분, 〈라 프로비당스〉호는 카페 드 라 마린 맞은편, 에코 III 바로 뒤에 정박했다. 말들이 배 위로 올라갔고, 마부와 선장은 카페로 향했다. 카페에는 다른 선원들과 디지의 물길 안내인 둘이 자리를 잡고 있었다.

날이 완전히 저문 8시, 예인선 한 척이 배 네 척을 끌고

2 다른 동력 없이 말의 힘에만 의존해 이동하는 바지선. 배 위에 마구간이 있는 것이 특징이다.

갑문 아래쪽에 도착했다.

그로 인해 카페가 갑자기 북적였다. 테이블 여섯 개가 손님들로 차 있었다. 선원들이 서로 이름을 불러 댔으며, 카페로 들어서는 이들은 뒤쪽에 흥건한 물도랑을 남겼고, 질척대는 장화를 벗어 들고 흔들어 댔다.

석유등을 켜놓은 옆방으로는 여자들이 장을 보러 왔다.

분위기는 무거웠다. 사람들은 제8호 수문에서 발생한 사고와 그로 인해 상행 선박들이 겪을 수도 있을 지체에 대해 이런저런 얘기를 나눴다.

9시, 라 프로비당스의 안주인이 데리러 오자, 남편과 마부가 사람들에게 인사를 하고 카페를 나섰다.

10시, 대부분의 배에 등이 꺼졌고, 수문지기는 수문에서 2킬로미터 떨어진 곳에서 운하를 넘어 가는 에페르네로까지 부모를 배웅했다.

그러는 동안 별다른 것은 전혀 보지 못했다. 돌아오는 길에 카페 앞을 지나치다 힐끗 들여다보자, 한 물길 안내인이 그를 불렀다.

「이리 와서 한잔하쇼! 홀딱 젖었네그려……」

그는 선 채로 럼주 한 잔을 비웠다. 마부 둘이 적포도주에 얼근히 취해 번들거리는 눈으로 일어났다. 그들은 짚 위에서, 말 곁에서 잠을 자기 위해 카페에 붙어 있는 마구간으로 향했다.

완전히 취하지는 않았지만, 세상모르고 곯아떨어질 만큼은 마신 상태였다.

심지를 한껏 줄여 놓은 방풍 등 하나 달랑 켜져 있는 어두컴컴한 마구간에는 말 다섯 필이 있었다.

새벽 4시, 마부 중 하나가 동료를 깨웠다. 그들은 말을 돌보기 시작했고, 라 프로비당스에서 말들을 내려 배에 묶는 소리를 들었다.

같은 시각, 카페 주인이 일어나 2층에 있는 침실 등을 컸다. 그 역시 라 프로비당스가 출발하는 소리를 들었다.

네 시 반, 에코 III의 디젤 엔진이 툴툴거리기 시작했다. 하지만 그 배는 15분 후에야, 선장이 막 문을 연 카페에서 그로그[3] 한 잔을 들이켠 후에야 출발했다.

두 마부가 뭔가를 발견한 것은 그가 막 출발했을 때, 그의 배가 아직 돌다리에 도달하지 않았을 때였다.

두 마부 중 하나가 예인로를 향해 말을 끄는 동안 다른 하나가 채찍을 찾기 위해 짚단을 뒤지는데, 차가운 뭔가가 그의 손에 닿았다.

얼핏 사람 얼굴을 본 것 같아 화들짝 놀란 그가 등을 들고 와 비췄다. 디지를 발칵 뒤집어 놓고 운하의 일상을 혼란에 빠뜨리게 될 시신은 그렇게 발견되었다.

---

3 럼 또는 브랜디에 설탕, 레몬, 또는 더운물을 섞어 만든 음료.

강력 1반의 매그레 반장은 사실들을 틀에 끼워 맞춰 가며 되짚어 보는 중이었다.

월요일 저녁이었다. 그날 아침, 에페르네 검찰이 현장에 내려와 법적 절차에 따라 조사를 벌였다. 감식반과 법의관들이 다녀간 후에 시신은 안치소로 옮겨졌다.

여전히 비가 내리고 있었다. 가늘고 촘촘하고 차가운 빗줄기가 밤새, 그리고 또 하루 종일 쉬지 않고 내렸다.

갑문들 위로 그림자들이 오갔고, 배 한 척이 서서히 부상했다.

한 시간 전 그곳에 도착한 후로 반장은 오로지 별안간 발견한 세계, 도착할 때는 부정확하거나 어렴풋한 개념들밖에 갖고 있지 않았던 세계와 친숙해질 생각뿐이었다.

수문지기는 그에게 이렇게 말했다.

「이곳에는 거의 아무것도 없었어요. 하행 모터선⁴ 두 척, 오후에 들어온 상행 모터선 한 척, 선적을 기다리던 배 한 척, 파나마 두 척. 그리고 나중에 쇼드롱이 배 네 척을 끌고 도착했거든요.」

매그레는 쇼드롱은 예인선을, 파나마는 선상에 모터도 말도 없어서 일정한 여정을 위해 말을 소유한 마부를 고용해 쓰는, 그래서 항해가 무척 더딘 배를 가리킨다는 것을 알 수 있었다.

4 모터를 동력으로 사용하는 바지선.

반장은 디지로 내려오면서 에페르네에서 3킬로미터 거리에 있는 좁은 운하와 돌다리 근처의 자그마한 마을밖에 보지 못했다.

그는 디지에서도 2킬로미터 떨어져 있는 수문까지 예인로를 따라 진창 속을 걸어야만 했다.

그리고 마침내 〈신고 사무소〉라는 게시판이 붙은, 갈색 돌로 지은 수문지기의 집을 발견했다.

그는 수문지기의 집 말고는 그곳에 있는 유일한 건축물인 카페 드 라 마린으로 들어갔다.

왼쪽으로, 테이블에는 갈색 테이블보가 씌워져 있고, 벽의 반은 갈색으로, 나머지 반은 누런색으로 칠해진 허름한 카페 홀이 나왔다.

하지만 그곳에는 평범한 시골 카페와의 차이점을 드러내기에 충분한 특징적인 냄새가 떠다녔다. 말하자면 마구간, 마구, 타르와 식료품, 석유와 경유 냄새가.

오른쪽 문에는 작은 방울이 달려 있었고, 유리에는 투명 광고지들이 붙어 있었다.

그 방은 상품들로 가득 차 있었다. 방수복, 나막신, 의류, 감자 부대, 식용유 통, 설탕, 완두콩, 강낭콩 상자들이 각종 채소며 도기와 함께 어수선하게 뒤섞여 있었다.

손님은 보이지 않았다. 이제 마구간에는 집주인이 장을 보러 갈 때 끌고 가는 말밖에 없었다. 개만큼이나 친숙한 이 큰 회색 짐승은 묶어 놓지도 않아서 가끔 마당으로 나가 암탉들 사이를 어슬렁거리며 돌아다니기도 했다.

모든 것이 빗물에 흠뻑 젖어 있었다. 그것이 지배적인 색조였다. 지나가는 사람들도 검게 번들거렸으며, 몸을 앞으로 숙이고 있었다.

1백 미터쯤 떨어진 곳에서 작은 협궤 기차 하나가 작업장을 오갔다. 기관사는 축소형 기관차 뒤쪽에 우산을 고정해 놓고, 몹시 추운 듯 어깨를 움츠린 채 그 아래 앉아 있었다.

정박지를 벗어난 바지선 한 척이 갈고리 장대를 이용해 다른 한 척이 나오고 있는 갑문까지 이동했다.

그 여자가 어떻게 여기까지 왔을까? 그리고 왜? 그것이 바로 에페르네 경찰, 검찰, 법의관, 감식반 요원들이 당혹스러워하며 떠올렸고, 매그레 반장이 잘 안 돌아가는 머리로 이리저리 뒤집어 보고 있는 질문이었다.

그녀는 목이 졸려 죽었다. 그것이 첫째로 확실한 사실이었다. 사망 시각은 일요일 밤, 대략 10시 반으로 추정되었다.

그리고 시신은 새벽 4시가 약간 지난 시각에 마구간에서 발견되었다.

수문 근처를 지나는 도로는 전혀 없었다. 항해와 관련이 없는 사람을 그곳으로 끌어들일 만한 것 역시 없었다. 예인로는 너무 좁아서 자동차가 다닐 수 없었다. 만약 걸어 왔다면, 종아리까지 물웅덩이와 진흙탕에 빠졌을 것이다.

그런데 그녀는 분명히 걷기보다는 주로 고급 승용차나 침대차로 이동하는 부류의 여자였다.

게다가 그녀는 크림색 실크 원피스만 입고 있었고, 도시보다는 해변에 어울리는 흰색 스웨이드 신발을 신고 있었다.

원피스는 구겨져 있었다. 하지만 진흙 얼룩은 전혀 나오지 않았다. 발견 당시, 왼쪽 신발 끝 부분만 살짝 젖어 있을 뿐이었다.

「38세에서 40세!」 시신을 검사한 후에 의사가 말했다.

귀걸이는 양쪽 다 대략 1만 5천 프랑 정도의 값어치가 나가는 진짜 진주였다. 초현대식 취향에 따라 세공된 금과 백금으로 된 팔찌는 금전적 가치보다 미적 가치가 더 큰 것으로, 방돔 광장 보석 세공사의 서명이 새겨져 있었다.

구불구불한 갈색 머리카락은 목덜미와 관자놀이 부분을 아주 짧게 자른 것이 특징이었다.

질식의 고통으로 뒤틀리지 않았다면, 얼굴은 눈에 띌 정도로 예뻤을 게 분명했다.

아무래도 행실이 가벼운 부류의 여자 같았다.

매니큐어를 칠한 손톱은 더러웠다.

시신 곁에서 핸드백은 발견되지 않았다. 사진을 배포

받은 에페르네, 랭스, 파리 경찰이 아침부터 그녀의 신원을 확인하려 동분서주했지만 허사였다.

보기에도 흉한 풍경 위로 비가 쉬지 않고 내렸다. 지평선은 그맘때쯤이면 전선의 묘지를 빼곡히 메우는 나무 십자가처럼 포도나무들이 음산하게 줄지어 서 있는, 희고 검은 띠 모양의 지층이 길게 이어지는 백악질의 구릉에 의해 좌우로 구분 지어져 있었다.

은장식 줄이 둘러진 챙 모자 덕분에 그임을 겨우 알아볼 수 있는 수문지기가, 수문을 열 때마다 물이 부글거리기 시작하는 독 주변을 잔뜩 긴장한 표정으로 돌아다녔다.

그는 배가 부상하거나 하강하는 동안 각 선원에게 사건의 자초지종을 들려주었다.

가끔 규정상 작성해야 하는 서류에 서명을 마친 두 사람이 카페 드 라 마린으로 성큼성큼 걸어가 럼주나 백포도주 잔을 비우기도 했다.

수문지기는 주기적으로 턱을 들어, 뚜렷한 목적이 없는 배회로 난감해하고 있다는 인상을 풍기고 있을 게 분명한 매그레 반장을 가리켰다.

그것은 사실이었다. 사건은 완전히 비정상적인 양상을 드러냈다. 질문을 던질 증인조차 전무했다.

검찰이 수문지기를 심문하고 국립토목학교 출신의 토목 기사와 의견을 모은 후, 모든 선박에 대해 갈 길을 계속 가게 하자는 결정을 내려 버린 것이었다.

시신을 발견한 두 마부는 정오경 각자 파나마 한 척씩을 끌며 마지막으로 출발했다.

3~4킬로미터마다 수문이 하나씩 있고 서로 전화로 연결되어 있었기 때문에 어느 배가 어느 곳에 있는지 언제든 알 수 있었고, 경우에 따라 앞길을 차단할 수도 있었다.

게다가 에페르네 경찰청에서 나온 반장이 이미 모든 사람을 심문했기 때문에, 매그레는 사건이 의문투성이라는 것 말고는 전혀 나온 게 없는 심문 조서를 확보해 두고 있었다.

전날 밤 카페 드 라 마린에 있었던 사람들은 대부분 카페 주인과 수문지기, 그 둘 모두가 아는 면면들이었다.

마부들은 적어도 일주일에 한 번꼴로 시신이 발견된 그 마구간에서 잤다. 늘 얼근히 취한 상태로.

「이해하시죠? 그 친구들, 수문을 지날 때마다 꼭 한잔씩 해요…… 그래서 거의 모든 수문지기들이 술을 팔죠.」

일요일 오후에 도착해 월요일 아침에 떠난 유조선은 르아브르의 대형 선박 회사 소속으로, 휘발유를 수송했다.

선장이 선주인 라 프로비당스는 말 두 필과 늙은 마부를 태우고 1년에 스무 번꼴로 지나갔다. 다른 배들도 거의 마찬가지였다!

매그레 반장의 표정은 침울했다. 그는 마구간과 카페,

가게를 수도 없이 들락거렸다.

사람들은 그가 발자국을 세거나 진흙탕 속에서 뭔가를 찾는 표정으로 돌다리까지 걸어가는 것을 보았다.

그는 얼굴을 잔뜩 찌푸린 채 비를 맞으며 수문으로 배가 들어오는 과정을 열 차례나 지켜보았다.

사람들은 그가 도대체 무슨 생각을 하는지 궁금해했다. 하지만 사실 그에게는 아무 생각도 없었다. 엄밀하게 말하자면, 그는 단서를 찾아내려는 시도조차 하지 않았다. 그보다는 그곳 분위기에 젖어 보려고, 그가 알았던 것과는 너무나 다른 운하의 삶을 파악해 보려고 애쓰고 있었다.

그는 출발한 배에 가보고자 할 경우에 자전거를 빌려줄 사람이 있는지 이미 확인해 뒀다.

수문지기가 지형학적인 이유로, 즉 수로의 합류, 교차 때문에, 또는 정박지, 기중기, 신고 사무소가 있다는 이유로 생각지도 못한 중요성을 띠는 디지처럼 잘 알려지지 않은 장소들의 정보를 담고 있는 『내륙 항해 공식 가이드』를 그에게 건네주었다.

그는 속으로 배와 마부들을 좇아가 보려고 시도했다.

〈애Ay — 정박지 — 제13호 수문.

마뢰유쉬르애 — 조선소 — 정박지 — 진도 변경 독 — 제12호 수문 — 코트 74.36…….

그다음에는 비쇠유, 투르쉬르마른, 콩데, 에니…….〉

배들이 수문에 수문을 거쳐 올라갔다가 반대편 경사면으로 다시 내려가는 랑그르 고원 너머 운하의 반대쪽 끝, 손 강, 샬롱, 마콩, 리옹…….

「그 여자가 여긴 도대체 뭐하러 왔을까?」

진주 귀걸이, 세련된 팔찌에다 흰 스웨이드 신발까지 신고 다른 곳도 아닌 마구간에!

범죄가 밤 10시 이후에 저질러졌으니, 마구간에 도착했을 때는 살아 있었던 게 분명했다.

하지만 어떻게? 왜? 무슨 소리를 들은 사람은 아무도 없었다! 그녀는 비명조차 지르지 않았다. 그랬다면 두 마부가 잠에서 깼을 것이다.

채찍을 잃어버리지 않았다면, 시신은 보름이나 한 달 후에야 짚을 뒤적이는 누군가에 의해 우연히 발견되었을 것이다!

그때까지 다른 마부들이 그 여자 시체 옆에 누워 코를 골아 댔을 것이다.

차가운 비가 쉴 새 없이 내리는데도, 대기 가운데 여전히 무겁고 무정한 뭔가가 있었다. 그리고 삶의 리듬은 느리기 짝이 없었다.

사람들이 수문 벽 위 또는 예인로를 따라 장화며 나막신을 질질 끌고 다녔다. 비에 홀딱 젖은 말들이 다시 출발하기 위해 독에 어서 물이 채워지기를 기다리며, 뒷다리로 버티고 서서 있는 힘껏 기지개를 켰다.

이제 곧 전날 밤처럼 날이 저물 터였다. 상행 수송선들은 이미 항해를 중지하고 밤을 보내기 위해 정박했다. 그 사이, 선원들은 뻣뻣하게 굳은 몸을 이끌고 무리 지어 카페로 향했다.

매그레는 자신을 위해 마련된, 카페 주인의 것과 붙어 있는 방을 둘러보러 갔다. 그곳에 10여 분간 머물며 신발도 갈아 신고 파이프도 청소했다.

그가 다시 내려오는 순간, 방수복 차림의 승조원이 모는 요트 한 척이 하안을 따라 천천히 다가오는가 싶더니, 후진 기어를 넣어 속도를 늦추고는 두 계주 사이에 충돌 없이 안전하게 멈춰 섰다.

승조원은 그 모든 조작을 혼자서 했다. 잠시 후 두 남자가 선실에서 나와 따분한 표정으로 주변을 둘러보더니, 결국 카페 드 라 마린으로 향했다.

그들 역시 방수복을 걸치고 있었다. 그들은 카페에 들어서자마자 방수복을 벗었는데, 그 속은 가슴께가 벌어진 플란넬 셔츠와 흰색 바지 차림이었다.

카페에 있던 선원들이 일제히 쳐다봤지만, 그들의 행동에는 조금의 거리낌도 없었다. 정반대였다! 그들은 그런 종류의 반응에 익숙한 듯 보였다.

그중 하나는 키가 크고 살이 쪘으며, 희끗희끗한 머리

카락과 불그스레한 안색에 툭 튀어나온 눈, 마치 보지 않고 사람과 사물들 위에서 미끄러지는 것 같은 청록색의 음산한 눈길을 갖고 있었다.

그가 밀짚 의자에 털썩 주저앉더니 다른 의자를 끌어당겨 발을 올려놓고는 카페 주인을 부르기 위해 손가락을 퉁겼다.

스물다섯 살 정도 되어 보이는 그의 동료가 영어로, 속물근성이 느껴지는 경박스러운 말투로 그에게 뭐라고 말했다.

외국어 억양 없는 프랑스어로 주문을 한 것도 그였다.

「비발포성 샴페인 있어요? 거품 안 이는 거……」

「예, 있습니다.」

「그걸로 한 병 갖다 줘요.」

그들은 끝 부분을 마분지로 싼 터키산 궐련을 피웠다.

잠시 중단되었던 선원들의 대화가 서서히 다시 이어졌다.

카페 주인이 술을 가져다주고 나서 잠시 후 승조원이 들어왔다. 그 역시 흰 바지 차림이었고, 위에는 푸른색 가로 줄무늬가 있는 선원용 저지를 입고 있었다.

「여기야, 블라디미르……」

뚱뚱한 남자가 몹시 따분한 듯 하품을 해댔다. 그가 잔을 비우고는 술맛이 만족스럽지 않은 듯 입을 삐죽거렸다.

「한 병!」 그가 젊은 동료에게 말했다.

그러자 마치 그런 식으로 명령을 전달하는 것이 몸에 밴 것처럼 젊은 친구가 큰 소리로 반복했다.

「한 병! ……같은 걸로!」

작은 맥주병 하나를 앞에 놓고 앉아 있던 매그레가 구석진 자리에서 나왔다.

「죄송하지만…… 뭐 하나 물어봐도 될까요?」

나이 든 남자가 〈저이한테 물어보라〉는 동작으로 동료를 가리켰다.

그는 놀라지도, 관심을 보이지도 않았다. 승조원이 자기 잔에 술을 따르고는 시가 끝을 잘라 냈다.

「마른 강으로 오시는 길입니까?」

「물론이죠.」

「지난밤에는 여기서 멀리 떨어진 곳에 정박했나요?」

뚱뚱한 남자가 고개를 돌리고는 영어로 말했다.

「상관할 일 아니라고 해!」

매그레는 못 알아들은 척하고 군말 없이 지갑에서 시신의 사진을 꺼내 갈색 테이블보 위에 올려놓았다.

자리에 앉아 있거나 계산대 앞에 서 있던 선원들이 눈으로 그 장면을 좇았다.

나이 든 남자가 고개를 거의 돌리지 않은 채 사진을 힐

꿋 쳐다봤다. 그러고는 매그레를 아래위로 훑어본 다음 한숨 쉬듯 물었다.

「경찰이오?」

피로가 느껴지는 그의 목소리에는 영어 억양이 강하게 배어 있었다.

「수사국에서 나왔습니다! 지난밤 이곳에서 살인 사건이 일어났어요. 피살자의 신원은 아직 확인이 안 됐고요.」

「어디 있죠?」 나이 든 남자가 자리에서 일어서는가 싶더니 손가락으로 사진을 가리키며 물었다.

「에페르네의 안치소에요. 아는 여잡니까?」

영국인의 표정에는 아무 변화도 없었다. 하지만 매그레는 졸중 체질이 엿보이는 그의 굵은 목이 시퍼렇게 변해 있는 것을 보았다.

그가 흰색 챙 모자를 집어 머리카락이 몇 올 안 남은 머리에 눌러쓰고는 동료를 돌아보며 영어로 투덜거렸다.

「또 골치깨나 아프게 생겼군!」

그러고는 선원들이 내보이는 관심에는 아랑곳 않은 채 담배 연기를 내뿜으며 선언하듯 말했다.

「그 여자, 내 아내요!」

유리창을 때리는 빗방울 소리, 심지어 수문의 크랭크 핸들들이 돌아가며 삐걱거리는 소리까지도 더욱 선명하게 들려왔다. 몇 초 동안 절대적인 침묵이 흘렀다. 마치 모든 삶이 중단된 것처럼.

「술값 지불하게, 윌리……」

영국인이 소매를 끼지 않은 채 방수복을 어깨에 걸치고는 매그레에게 말했다.

「배로 갑시다……」

그가 블라디미르라고 불렀던 승조원이 샴페인 병을 마저 비우고는, 들어와 앉을 때처럼 말없이 일어나 윌리와 함께 카페를 나섰다.

반장이 배에 올라 가장 먼저 본 것은 머리를 풀어헤친 채 가운 차림에 맨발로 검붉은 벨벳 간이침대에 누워 잠들어 있는 여자였다.

영국인이 그녀의 어깨를 툭 치고는 여전히 침착하게, 하지만 여성에 대한 정중함이 배제된 어조로 명령했다.

「잠시 나가 있지……」

그러고는 멍한 눈길로 위스키 병 하나, 더러운 잔 대여섯 개, 그리고 담배꽁초가 수북한 재떨이가 널려 있는 접이식 탁자 위를 훑어보며 기다렸다.

그가 기계적으로 자기 잔을 채우고는 매그레를 향해 병을 뻗으며 〈한잔하겠느냐〉는 의미의 눈짓을 보냈다.

바지선 한 척이 현창에 닿을 듯 스쳐 지나갔고, 거기서 50미터 정도 떨어진 곳에서 마부가 방울을 딸랑거리며 나아가던 말들을 세웠다.

2
서든 크로스호의 탑승객

　매그레는 그 영국인만큼이나 키가 크고 건장했다. 파리 수사국에서 그의 침착함은 거의 전설이나 다름없었다. 하지만 그런 그도 이번에는 상대방의 차분함에 조금씩 흔들리고 있었다.

　그리고 그 차분함은 그 배의 슬로건인 듯 보였다. 승조원 블라디미르에서 방금 잠에서 깬 여자에 이르기까지, 모두가 무심하거나 얼이 빠진 표정을 짓고 있었다. 마치 코가 삐뚤어지게 마신 다음 날 침대에서 억지로 끄집어내 놓은 사람들처럼.

　여러 세부 사항 중 하나. 간이침대에서 일어나 담뱃갑을 찾던 여자가 영국인이 탁자에 내려놓은, 카페 드 라 마린에서 요트까지 짧은 거리를 걸어오는 동안 비에 흠뻑 젖어 버린 사진을 보았다.

　「마리……?」 겨우 눈에 띨 정도로 잠시 흠칫하더니, 그녀가 물었다.

「마리, 예스!」

그게 다였다! 여자는 배 앞쪽을 향해 열리는, 화장실로 통하는 것으로 보이는 문으로 나갔다.

갑판에 도착한 윌리가 갑판 승강구 앞에서 허리를 숙이고 들여다봤다. 선실은 협소했다. 니스 칠을 한 마호가니 칸막이벽이 얇아 말을 하면 앞쪽에서도 들리는 게 분명했다. 왜냐하면 배 주인이 인상을 찌푸린 채 우선 그쪽부터 바라보고, 그다음에 젊은이를 향해 약간 짜증이 밴 어조로 이렇게 말했으니까.

「뭐하나! ……들어오게!」

그러고는 느닷없이 매그레에게 말했다.

「인도군 예비역 대령 월터 램슨 경이오!」

그는 자기소개에 짧고 건조한 인사와 소파를 가리키는 손짓을 곁들였다.

「저분은……?」 윌리를 돌아보며 반장이 물었다.

「친구…… 윌리 마르코.」

「스페인인?」

대령이 어깨를 으쓱했다. 매그레는 이스라엘계가 분명해 보이는 젊은이의 얼굴을 눈으로 훑었다.

「제 부친은 그리스인, 모친은 헝가리인입니다.」

「정황상 몇 가지 질문을 드리지 않을 수가 없군요, 램슨 경.」

윌리가 무람없이 의자 등받이에 걸터앉아 담배를 피우며 몸을 흔들어 댔다.

「말씀해 보시죠!」

그런데 매그레가 입을 열려는 순간, 대령이 먼저 물었다.

「누가 그랬습니까? 밝혀졌습니까?」

그는 범인에 대해 말하고 있었다.

「현재까지는 아무것도 밝혀내지 못했습니다. 그래서 대령님이 몇 가지 점에 대해 정보를 주신다면 수사에 큰 도움이 될 것 같군요.」

「끈으로?」 그가 손을 자기 목으로 가져가며 다시 물었다.

「아뇨! 범인은 손만 사용했습니다. 램슨 부인을 마지막으로 보신 게 언제입니까?」

「윌리……」

윌리는 음료를 주문하고, 질문에 대답하고, 그야말로 뭐든지 대신 해주는 대령의 수하였다.

「목요일 저녁, 모Meaux에서요.」 그가 대답했다.

「그런데도 경찰에 실종 신고를 안 하셨습니까?」

램슨 경이 자기 잔에 위스키를 다시 따랐다.

「신고는 왜요? 그녀가 하고 싶은 대로 한걸요, 안 그렇습니까?」

「자주 그런 식으로 자취를 감추나요?」

「가끔……」

머리 위로 따닥따닥 갑판을 때리는 빗방울 소리가 들려왔다. 그사이 석양이 밤에 자리를 내어 줬다. 윌리 마르코가 전기 스위치를 올렸다.

「축전지는 실었나? 요전처럼 되는 건 아니겠지?」 대령이 영어로 그에게 물었다.

매그레는 자신의 심문에 뚜렷한 의미를 부여하려고 애썼다. 하지만 그는 끊임없이 새로운 인상에 이끌려 들어갔다.

그는 자기도 모르게 모든 것을 쳐다봤고, 동시에 모든 것을 생각했다. 그래서 그의 머리는 형태가 잡히지 않은 채 들끓는 생각들로 가득했다.

카페 드 라 마린에서 사진을 힐끗 쳐다보고는 전혀 놀란 기색 없이 〈내 아내요〉라고 선언한 남자 앞에서 그는 분개하지도 불편해하지도 않았다.

그는 〈마리……?〉라고 물은 가운 차림의 여자를 떠올렸다.

그리고 지금, 윌리 마르코가 담배를 문 채 쉬지 않고 몸을 흔들어 대는 동안, 대령은 축전지 걱정을 하고 있었다!

특징 없는 분위기의 사무실이었다면 틀림없이 매그레도 꼼꼼하고 정연하게 심문을 진행했을 터였다. 그런데 거기서는 벗으라는 말도 없었는데 외투를 벗는 것으로 시작해, 시신이 찍힌 모든 사진이 그렇듯 음산하기 짝이 없는 사진을 다시 집어 들고 있었다.

「프랑스에 거주하십니까?」

「프랑스, 영국…… 때로는 이탈리아……. 늘 내 배 서든 크로스를 몰고 다니면서…….」

「여기 오기 전에는……?」

「파리에 있었습니다!」 대령에게 대답하라는 신호를 받은 월리가 말했다. 「런던에서 한 달을 보낸 후에 보름 정도 있었죠.」

「배에서 숙식했습니까?」

「아뇨! 배는 오퇴유에 두고 몽파르나스에 있는 호텔 라스파이에 묵었습니다.」

「대령과 부인, 조금 전에 뵌 분과 당신, 그렇게 말이오?」

「예! 그 부인은 칠레 국회 의원의 미망인, 네그레티 부인입니다.」

램슨 경이 짜증이 배인 한숨을 내쉬고는 또다시 영어를 사용했다.

「빨리 설명하게. 안 그러면 저 양반, 내일 아침까지 저러고 있겠어…….」

매그레는 눈썹 하나 까딱하지 않았다. 다만, 그때부터 약간 거칠게 질문을 던졌다.

「혹시 네그레티 부인이 친척 됩니까?」 그가 윌리에게 물었다.

「아뇨, 전혀.」

「그렇다면 당신이나 대령이나 전혀 모르는 분이겠군 요……. 선실들이 어떻게 배치되어 있는지 말해 주겠습니까?」

램슨 경이 위스키를 한 모금 마시고는 기침을 한 다음, 담배에 불을 붙여 물었다.

「배 앞쪽에는 블라디미르가 자는 승조원실이 있습니다. 블라디미르는 러시아 해군 사관 학교 출신으로, 브랑겔 함대 소속이었죠…….」

「다른 승조원은 없나요? 시중드는 사람도 없고요?」

「블라디미르가 모든 걸 도맡아서 합니다…….」

「그다음에는?」

「승조원실과 이 선실 사이에, 오른쪽으로는 주방, 왼쪽으로는 화장실이 있습니다.」

「뒤쪽에는?」

「기관실…….」

「그러니까 이 선실에 네 분이 계셨군요?」

「간이침대 네 개가 있어요……. 우선 침상으로 변하는 소파 두 개가 있고, 그다음에는…….」

윌리가 한쪽 칸막이벽으로 다가가 일종의 긴 서랍을

여니, 완비된 침대 하나가 나왔다.

「이게 양쪽에 하나씩 있습니다……. 보시다시피…….」

아닌 게 아니라 매그레는 상황을 좀 더 명확하게 보기 시작했고, 머지않아 그 묘한 동거의 비밀을 알게 되리라는 것을 깨달았다.

대령의 눈은 술주정뱅이의 눈처럼 암울하고 축축했다. 그는 점점 대화에 관심을 갖지 않는 듯 보였다.

「모에서는 무슨 일이 있었소? 특히 당신들이 그곳에 도착했을 때 말이오.」

「수요일 저녁……. 모는 파리에서 하루 여정의 거리에 있죠. 우린 몽파르나스에서 아가씨 둘을 데리고 왔습니다…….」

「계속해 보시오.」

「날씨가 아주 화창했어요……. 그래서 우린 축음기를 틀어 놓고 갑판에서 춤을 췄습니다……. 아가씨들은 제가 새벽 4시에 호텔로 데려다 줬고요. 아마 다음 날 기차를 타고 돌아갔을 겁니다.」

「서든 크로스는 어디에 정박해 있었죠?」

「수문 근처에요.」

「목요일에는 아무 일도 없었나요?」

「바로 옆 수송선에 석재를 싣는 기중기 소리 때문에 자다 깨기를 반복하다 아주 늦게 일어났어요. 대령님과 전

시내로 나가 아페리티프를 마셨고……. 오후에는……. 그러니까……. 대령님은 주무셨고……. 저는 글로리아와 체스를 뒀어요. 네그레티 부인 말입니다.」

「갑판에서요?」

「예……. 그때 마리는 산책을 나갔던 것 같아요.」

「그러고는 안 돌아왔습니까?」

「참! 그녀도 배에서 저녁 식사를 했어요……. 대령님이 댄스홀에서 저녁 시간을 보내자고 제안했는데, 마리는 가기 싫다고 했죠……. 그리고 새벽 3시경에 우리가 돌아왔을 때는 배에 없었습니다.」

「찾아보거나 하진 않았습니까?」

램슨 경이 니스 칠을 한 탁자를 손가락 끝으로 두드렸다.

「대령님이 말씀드렸다시피, 부인은 자기 좋을 대로 자유롭게 오갔으니까요……. 우린 토요일까지 기다리다 출발했어요……. 그녀는 여정을 알고 있었고, 어디서 우리와 합류할 수 있는지도 알고 있었습니다…….」

「지중해로 가는 길입니까?」

「휴양지 예르 맞은편에 있는 포르크롤 섬에요. 거기서한 해 대부분을 보내죠……. 대령님이 그곳에 있는 옛 요새, 르 프티 랑구스티에를 구입하셨거든요…….」

「금요일 낮에는 모두 배에 있었습니까?」

윌리가 잠시 망설이다 불쑥 대답했다.

「제가 파리에 갔었습니다.」

「뭐하러요?」

그가 웃으며 말했다. 입이 비정상적으로 뒤틀리는 기분 나쁜 웃음이었다.

「아까 말씀드린 두 아가씨……. 그들을 다시 만나고 싶었습니다. 적어도 그중 하나를요…….」

「그들의 성과 이름이 어떻게 되죠?」

「성은 모르고……. 이름이 쉬지와 리아였습니다……. 매일 저녁 라 쿠폴에 출근하다시피 하죠. 라 그랑드쇼미에르 가 모퉁이에 있는 호텔에 거주하고 있고요.」

「화류계 직업여성들입니까?」

「선량한 아가씨들이죠…….」

문이 열렸다. 그새 녹색 비단 원피스를 챙겨 입은 네그레티 부인이 모습을 드러냈다.

「들어가도 돼요?」

대령은 어깨를 으쓱하는 것으로 대답을 대신했다. 그는 위스키를 벌써 석 잔째 비우고 있었다. 그것도 거의 물을 타지 않은 상태로.

「윌리, 물어보게……. 절차가 어떻게 되는지…….」

매그레는 윌리의 중계 없이도 이해할 수 있었다. 자신에게 질문을 던지는 대령의 기괴하고도 한가로운 방식에, 그는 슬슬 부아가 치밀기 시작했다.

「물론 우선 시신의 신원부터 확인해 주셔야 합니다…….
부검 후에는 아마 매장 허가증을 받을 수 있을 겁니다.
묘지를 정하고, 그다음에…….」

「지금 당장 가도 되겠소? 자동차를 빌릴 만한 정비소
가 있습니까?」

「에페르네에…….」

「월리, 전화해서 차 한 대 알아보게……. 당장 해주겠나?」

「카페 드 라 마린에 전화가 있습디다.」 못마땅한 표정
으로 방수복을 걸치는 월리에게 매그레가 말했다.

「블라디미르는 어디 있나?」

「조금 전에 돌아오는 소리가 들리던데요…….」

「저녁은 에페르네에 나가서 먹을 거라고 전해 주게.」

뚱뚱한 몸집, 번들거리는 검은 머리칼, 눈부시게 흰 피
부. 네그레티 부인은 선실 한 구석, 기압계 아래에 앉아
손으로 턱을 괸 채 멍한, 혹은 깊은 생각에 빠진 표정으
로 그 장면을 지켜보고 있었다.

「같이 가겠소?」 램슨 경이 그녀에게 물었다.

「글쎄요…… 비가 아직 와요……?」

매그레의 신경은 곤두설 대로 곤두서 있었다. 대령이
던진 마지막 질문도 그를 진정시킬 만한 성질의 것이 아
니었다.

「모두 며칠이나 걸릴 것 같습니까?」

그래서 사납게 되물었다.

「매장까지 포함해서 말이겠죠?」

「예스…… 사흘……?」

「법의관들이 매장 허가증을 발부해 준다면, 그리고 수사 판사가 반대하지 않는다면, 실질적으로 24시간 안에 해치울 수 있을 겁니다……」

대령은 그 말에 담긴 신랄한 아이러니를 느꼈을까?

매그레는 시신의 사진을 다시 한 번 들여다보고 싶었다. 부러지고, 더러워지고, 구겨진 몸을. 곱게 분을 바르고 입술과 볼에 향긋한 연지를 칠했을 때는 아주 고왔지만, 이제 흘낏 보기만 해도 등골이 오싹할 정도로 일그러진 얼굴을.

「한잔하겠소?」

「됐습니다.」

「그럼……」

월터 램슨 경이 대담이 끝난 것으로 간주하겠다는 뜻으로 일어섰다.

「블라디미르! ……내 정장!」

「필시 더 물어볼 게 생길 겁니다. 어쩌면 요트를 샅샅이 뒤지게 될지도 모르고요……」 반장이 말했다.

「그건 내일……. 우선 에페르네부터, 안 그렇습니까? ……차는 얼마나 기다려야 하지?」

「배에는 나 혼자 남나요?」 네그레티 부인이 겁에 질려
물었다.

「블라디미르하고……. 아니면 같이 가든지…….」

「옷도 제대로 안 갖춰 입은걸요…….」

윌리가 바람을 몰고 들어와서는 빗물이 줄줄 흐르는
방수복을 벗으며 말했다.

「차가 10분 후면 도착할 겁니다.」

「자, 반장님, 그럼 이만…….」

대령이 문을 가리켰다.

「옷을 갈아입어야 해서…….」

문을 나서는 매그레는 누군가의 면상을 한 방 갈겨 줘
야 속이 후련할 것 같았다. 그만큼 그는 잔뜩 골이 나 있
었다. 뒤쪽에서 승강구 닫히는 소리가 들려왔다.

바깥으로 나오자 보이는 것이라곤 여덟 개의 현창에서
새어 나오는 불빛과 돛대에 걸려 있는 흰색 표지등뿐이었
다. 10미터도 채 안 떨어진 곳에서 한 바지선의 작달막한
선미와, 왼쪽으로는 강기슭에 쌓아 놓은 석탄 더미가 희
미한 윤곽을 드러냈다.

착각이었는지 모르지만, 매그레는 빗줄기가 더 굵어진
것 같은, 하늘이 그 어느 때보다 더 검고 낮은 것 같은 느
낌을 받았다.

그는 카페 드 라 마린을 향해 걸어갔다. 그가 들어서자,

떠들썩하던 홀이 갑자기 조용해졌다. 모든 선원이 거기, 주물 난로 주위에 오글오글 모여 있었다. 수문지기는 카페 종업원으로 일하는, 나막신을 신은 빨간 머리 껑다리 아가씨와 나란히 앉아 카운터에 팔꿈치를 괴고 있었다.

테이블마다 포도주 병과 굽 없는 잔들이 굴러다니고, 곳곳에 빗물이 흥건히 고여 있었다.

「그 사람 부인이 맞답니까?」 단단히 마음먹고 용기를 낸 카페 주인이 마침내 물었다.

「그렇소! 맥주나 좀 주시오! 아니, 그보다는 따뜻한 게 낫겠군…… 그로그 한 잔…….」

선원들이 서서히 다시 입을 열기 시작했다. 여종업원이 앞치마로 매그레의 어깨를 스치며 뜨거운 잔을 갖다주었다.

반장은 비좁은 선실에서 옷을 갈아입고 있을 세 사람을 상상했다. 그 좁아터진 곳에 시중드는 블라디미르까지.

그는 다른 많은 것을 상상했다. 멍한 상태로, 때로 혐오감을 삼켜 가며.

그는 모 수문을 알고 있었다. 디지 수문과 마찬가지로 마른 강과 운하를 연결해 주는 데다 늘 바지선들로 빼곡한 반달 모양의 정박지가 있는 만큼 아주 중요한 곳이었다.

거기서, 다른 배의 선원들이 훌낏거리는 가운데, 환하

게 불을 밝힌 서든 크로스의 갑판 위에서 몽파르나스의 두 아가씨, 푸짐한 글로리아 네그레티, 램슨 부인, 윌리와 대령이 축음기를 틀어 놓고 춤을 추고 술을 마시며…….

카페 드 라 마린 한쪽 구석에서 푸른색 작업복 차림의 두 남자가 싸구려 포도주를 마셔 가며 주머니칼로 빵과 소시지를 조금씩 베어 먹고 있었다.

그리고 누군가 그날 아침 〈둥근 천장〉, 다시 말해 랑그르 고원의 가장 높은 지대를 지나는 운하가 장장 8킬로미터에 걸쳐 지하로 뚫려 있는 곳에서 발생한 사고 소식을 전했다.

한 선원이 말들이 끄는 밧줄에 발이 감기고 말았다. 그가 고함을 질러 댔지만 마부가 미처 듣지 못했고, 잠시 쉬던 말들이 다시 걷기 시작하는 순간, 그는 물속으로 내동댕이쳐졌다.

터널 안은 조명되어 있지 않았다. 배에도 기껏해야 물 위에 희끗한 반사광이나 던지는 전조등 하나밖에 없었다. 결국 선원의 형이 — 배 이름이 〈두 형제〉였다 — 운하로 뛰어들었다.

한 명을 건져 올렸지만 이미 죽은 상태였고, 다른 한 명은 여전히 찾고 있었다.

「배 살 때 빌린 돈의 연부 상환금이 두 번밖에 안 남았었대. 그런데 계약상 아내들은 그걸 부을 수 없다나 봐…….」

가죽 챙 모자를 쓴 운전기사가 들어와 눈으로 누군가를 찾았다.

「자동차 부르신 분이 누굽니까?」

「나요!」 매그레가 말했다.

「차는 다리에 두고 올 수밖에 없었어요……. 운하로 곤두박질치고 싶진 않아서요…….」

「저녁 식사는 여기서 하시겠습니까?」 카페 주인이 반장에게 물었다.

「아직 모르겠소…….」

그는 운전기사와 함께 나갔다. 흰색으로 칠한 서든 크로스가 빗속에서 희뿌연 얼룩처럼 보였고, 비가 억수같이 퍼붓는데도 밖에 나와 있던 이웃 바지선의 꼬마 둘이 넋이 나간 눈길로 그것을 바라보고 있었다.

「조제프……! 동생 데리고 어서 들어와! ……너 그러다된통 맞을 줄 알아!」 여인의 목소리가 외쳤다.

「서든 크로스라…….」 운전기사가 뱃머리에 쓰여 있는배 이름을 읽었다. 「영국인들입니까?」

매그레가 선교를 건너가 문을 두드렸다. 짙은 색 양복으로 우아하게 차려입은 윌리가 문을 열었고, 글로리아네그레티가 아직 상의를 걸치지 않은, 시뻘겋게 상기된대령의 목에 넥타이를 매주는 모습이 보였다.

선실에서는 화장수와 포마드 냄새가 났다.

「차가 도착했습니까? 여기 와 있습니까?」 월리가 물었다.

「다리에 있소, 여기서 2킬로미터 정도 떨어진…….」

매그레는 그냥 바깥에 있었다. 대령과 월리가 영어로 옥신각신하는 소리가 희미하게 들려왔다. 이윽고 월리가 나와서 말했다.

「진흙탕 속을 걷기 싫답니다……. 블라디미르가 물에 작은 보트를 띄울 거예요……. 차가 있는 곳에서 만나도록 하죠.」

「험……! 험……!」 그 말을 들은 운전기사가 언짢은 듯 헛기침을 해댔다.

10분 후, 매그레와 운전기사는 돌다리 위, 전조등을 약하게 켜놓은 자동차 곁에서 서성대고 있었다. 그들이 2기통 소형 모터가 부릉거리는 소리를 들은 것은 거의 30분이 지났을 때였다.

마침내 월리가 외치는 소리가 들려왔다.

「여깁니까……? 반장님……!」

「그렇소, 여기요!」

모터를 붙였다 떼었다 할 수 있는 소형 보트가 원을 그리고는 다가왔다. 블라디미르가 대령이 땅에 발을 디디도록 도와주고, 돌아올 때 어떻게 할지 약속을 잡았다.

자동차 안에서 램슨 경은 단 한 마디도 하지 않았다. 뚱뚱한 몸집에도 그는 놀라울 만큼 우아했다. 혈색 좋은 얼굴, 공을 들인 단정한 외모, 차분한 태도. 19세기의 판화에 나오는 그대로의 영국 신사였다.

윌리 마르코는 연방 줄담배를 피워 댔다.

「차하고는!」 빗물이 파놓은 도랑에 걸려 차가 덜컹거리자 그가 한숨지으며 말했다.

매그레는 그가 손가락에 큼지막한 노란색 다이아몬드로 장식되고 가문(家紋)이 새겨진 백금 반지를 끼고 있는 것을 보았다.

빗물로 번들거리는 포석이 깔린 도시로 들어서자, 운전기사가 칸막이 유리를 올리고는 물었다.

「어디로 모실까요?」

「시체 안치소로 갑시다.」 반장이 대답했다.

안치소까지는 금방이었다. 대령은 여전히 입을 열지 않았다. 시신 세 구가 타일 바닥에 널브러져 있는 안치소에는 관리인 한 명밖에 없었다.

모든 문이 이미 열쇠로 잠겨 있었다. 자물쇠 삐걱거리는 소리가 들렸다. 불을 켜야만 했다.

시신을 덮어 놓은 천을 들어 올린 건 매그레였다.

「예스!」

윌리가 오히려 더 큰 충격을 받은 것처럼 보였다. 어서 그곳에서 나가고 싶어 안달한 것도 그였다.

「당신도 알아보겠습니까?」

「분명히 그녀예요…… 왜냐하면 그녀는……」

월리는 말을 끝맺지 못했다. 안색이 눈에 뜨일 정도로 창백해졌고, 입술이 바싹 타들어 갔다. 반장이 밖으로 데리고 나오지 않았다면 기절이라도 했을 것이다.

「누구 짓인지 모르십니까?」 대령이 물었다.

목소리가 거의 감지할 수 없을 정도로 가늘게 떨렸다. 하지만 그건 그가 이미 여러 잔 마신 위스키 탓이 아니었을까?

그래도 매그레는 그 미묘한 동요를 놓치지 않았다.

그들은 운전기사가 여전히 운전석을 지키고 있는 자동차 맞은편, 희미한 가로등 불빛 아래 어두컴컴한 인도에 나와 있었다.

「반장님도 저녁 드셔야죠, 안 그렇습니까?」 램슨 경이 매그레를 향해 돌아보지도 않은 채 물었다.

「고맙습니다만…… 기왕 여기까지 온 김에 몇 가지 일이나 처리할까 합니다.」

대령은 더 권하지 않고 인사를 했다.

「가지, 월리……」

월리가 대령과 상의한 후에 몸을 숙이고 기사와 얘기를 나누는 동안 매그레는 잠시 안치소 문턱에 서 있었다.

월리는 기사에게 그 도시에서 가장 좋은 식당이 어딘지 묻고 있었다. 행인들이 지나갔다. 불 켜진 내부가 훤히 들여다보이는 전차들도 딸랑딸랑 방울 소리를 내며 지나갔다. 몇 킬로미터 떨어진 곳에 운하가 길게 이어져 있었고, 그 운하를 따라, 수문 근처에 잠들어 있는 바지선들이 새벽 4시면 뜨거운 커피와 마구간 냄새가 물씬 풍기는 가운데 다시 뱃길을 나설 터였다.

3
마리의 목걸이

썩 좋다고 할 수 없는 독특한 냄새가 풍기는 방에 누웠을 때, 매그레는 두 개의 이미지를 비교하며 오랫동안 뒤척였다.

첫 번째 이미지는 에페르네의 최고급 식당 라 베카스의 환하게 조명된 유리창을 통해서 본, 식탁에 점잖게 앉아 말쑥하게 차려입은 웨이터들의 시중을 받는 대령과 윌리의 모습이었다.

안치소에서 나온 지 30분도 채 지나지 않았을 때였다. 월터 램슨 경은 약간 뻣뻣한 자세로 앉아 있었다. 몇 올안 남은 은색 머리카락 아래 벌겋게 상기된 얼굴은 어떻게 저럴 수 있을까 싶을 정도로 무표정했다.

그의 우아함, 더 정확하게 말해 그에게서 풍기는 기품에 비하면, 윌리의 우아함은 훨씬 유연해 보이긴 해도 왠지 싸구려 모조품처럼 느껴졌다.

매그레는 다른 곳에서 식사를 했고, 도청과 모 경찰서에 전화를 걸었다.

그는 띠처럼 길게 이어지는 도로를 따라 비 오는 밤거리를 홀로 성큼성큼 걸었다. 마침내 카페 드 라 마린 맞은편에 정박해 있는 서든 크로스의 환한 현창들이 눈에 들어왔다.

호기심이 인 매그레는 파이프를 놓고 나온 것 같다는 핑계를 댈 요량으로 배 위로 올라갔다.

바로 거기서 두 번째 이미지가 그의 뇌리에 박혔다. 마호가니로 내장한 선실에서 블라디미르가 여전히 줄무늬 승조원복 차림으로 입가에 담배를 문 채, 기름기 번들거리는 머리카락을 다시 뺨 위로 늘어뜨린 네그레티 부인과 마주 앉아 있었다.

두 사람은 카드놀이, 중부 유럽에서 건너온, 〈66 게임〉이라 불리는 카드놀이를 하고 있었다.

잠시 멍한 순간이 있었다. 하지만 소스라침 같은 것은 없었다. 일순 숨을 죽이는 정도. 그런 다음 블라디미르가 파이프를 찾기 위해 일어났다. 글로리아 네그레티가 혀 짧은 발음으로 물었다.

「그들은 아직 안 오나요……? ……마리가 맞나요?」

반장은 일요일 밤부터 월요일까지 디지를 거쳐 간 바지선들을 따라잡기 위해 당장 자전거를 타고 운하를 따라 내달리고 싶었다. 하지만 비에 흠뻑 젖은 길과 시커먼 하늘을 보자 엄두가 나질 않았다.

누군가 방문을 두드렸을 때, 매그레는 눈을 뜨기도 전에 벌써 새벽의 칙칙한 단색 풍경이 창을 통해 방 안으로 스며들고 있다는 것을 알아차렸다.

그는 말발굽 소리, 희미한 부름, 층계를 오르내리는 발소리, 아래층에서 잔들이 부딪히는 소리, 끝으로 위층 그의 방까지 풍기는 뜨거운 커피와 럼주 냄새 때문에 잠을 설쳤다.

「뭡니까?」

「뤼카입니다! 들어가도 될까요?」

거의 매번 매그레와 함께 일하는 뤼카 형사가 문을 밀고 들어와 상관이 시트 틈으로 내미는 축축한 손을 잡고 악수를 나누었다.

「벌써 뭐가 나왔나? 자네, 너무 피곤하진 않고?」

「괜찮습니다! 반장님 전화 받고 곧바로 그랑드쇼미에르 가 모퉁이에 있는 문제의 호텔로 갔습니다. 말씀하신 아가씨들은 없더군요. 만일을 생각해 성도 알아봤습니다…… 〈쉬잔 베르디에, 일명 쉬지, 1906년 옹플뢰르 출생. 리아 로벤슈타인, 1903년 룩셈부르크 대공국 출생.〉 첫 번째 아가씨는 4년 전 가정부로 파리에 왔는데, 나중에 얼마 동안 모델로 일하기도 했습니다…… 로벤슈타인은 주로 코트다쥐르에서 살았고요⋯⋯. 알아봤더니, 둘 다 경찰 풍속 사범 명부에 올라 있진 않았습니다⋯⋯. 하지만 올라 있는 거나 마찬가지라고 봐야죠!」

「내 파이프 좀 건네주고, 커피도 주문해 주겠나?」

수문에서 물이 출렁이는 소리와 디젤 엔진이 천천히 돌아가는 소리가 들려왔다. 침대에서 나온 매그레가 볼품없는 세면대로 걸어가 대야에 찬물을 부었다.

「계속해 보게.」

「지시하신 대로 라 쿠폴에도 가봤는데, 그곳에도 없었습니다. 하지만 그 아가씨들을 모르는 보이가 없더군요⋯⋯. 보이들이 일러 준 대로 르 댕고와 라 시고뉴에도 가봤는데⋯⋯. 이름은 기억이 안 나지만, 아무튼 바뱅 가에 있는 한 작은 미국식 바에 단둘이 처량하게 앉아 있는 그들을 마침내 발견했습니다. 리아, 그 아가씨, 아닌 게 아니라 꽤 괜찮던데요⋯⋯. 무엇보다 자기만의 독특한 스타일이 있어요. 쉬지는 그냥 고향에 있었으면 참한 가정주부가 될 수도 있었을, 악의라곤 없는 자그마한 금발 아가씨고요⋯⋯. 얼굴에 점이 많더군요. 그리고⋯⋯.」

「어디 수건 안 보이나?」 물이 줄줄 흐르는 얼굴로 눈을 감은 채 매그레가 말을 끊었다. 「참, 비가 아직도 내리나?」

「제가 도착했을 때는 그쳤었는데, 아마 곧 또 쏟아질

겁니다. 아침 6시에 안개가 잔뜩 껴서 폐가 얼어붙는 것 같았거든요…… 그 아가씨들, 제가 뭐 좀 마시겠느냐고 했더니…… 대뜸 샌드위치도 사달라고 하더군요. 처음에는 그냥 그러려니 했는데…… 리아가 목에 걸고 있는 목걸이가 눈에 들어오더군요. 제가 장난치듯 깨물어 봤더니, 진품 중의 진품이었습니다. 미국인 백만장자의 목걸이는 아니었지만, 그래도 10만 프랑은 족히 나갈 물건이었죠. 칵테일보다 샌드위치와 핫 초콜릿을 선호하는 부류의 아가씨들이 그런 목걸이를……」

첫 파이프 담배를 피우던 매그레가 커피를 가져온 아가씨에게 문을 열어 주러 갔다. 그러고는 창문을 통해 아직 인기척이 전혀 없는 요트 쪽을 힐끗 쳐다보았다. 바지선 한 척이 서든 크로스를 스쳐 지나갔다. 키에 등을 기댄 선원이 아니꼬움과 부러움이 배인 눈길로 요트를 꼬나보았다.

「그래서…… 계속해 보게……」

「전 그들을 다른 곳으로, 조용한 카페로 데려갔습니다. 거기서 형사 배지를 불쑥 꺼내 보여 주고 무작정 물었죠.

〈그 진주 목걸이, 마리 램슨 거죠, 아닙니까?〉

그 아가씨들, 그녀가 죽었다는 사실을 모르는 것 같았어요. 알았다면, 완벽한 연기를 한 거고요. 털어놓을까 말까 몇 분 동안 망설이더니, 결국 쉬지가 리아에게 말하더군요.

〈사실대로 말씀드려, 이미 다 알고 계신 것 같은데 뭘!〉

이야기를 들어 보니 참 한심하더군요……. 제가 좀 도와드릴까요, 반장님?」

아닌 게 아니라 반장은 허벅지 뒤쪽에 늘어져 있는 멜빵끈을 잡기 위해 헛심을 쓰고 있었다.

「요점부터 말씀드리죠. 둘 다 맹세하기를, 지난 금요일 마리 램슨이 파리로 직접 그들을 찾아와서 목걸이를 줬답니다……. 그 사정이야 반장님께서 더 잘 아시겠죠. 저야 이번 사건에 대해서는 반장님께서 전화로 말씀해 주신 것밖에 모르니까요.

램슨 부인이 윌리 마르코를 대동했느냐고 물어봤더니, 아니라면서 목요일에 모에서 헤어진 후로는 본 적이 없다고 주장하더군요…….」

「천천히!」 얼굴이 일그러져 보이는 잿빛 거울 앞에 서서 넥타이를 매며 매그레가 말을 잘랐다. 「수요일 저녁, 서든 크로스가 모에 도착해……. 그 두 아가씨는 배에 타고 있어……. 그들은 대령, 윌리, 마리 램슨, 네그레티와 함께 신나는 밤을 보내……. 밤늦게 윌리가 쉬지와 리아를 호텔로 데려다 주고, 그들은 목요일 아침에 기차를 타……. 돈은 받았다던가?」

「그들 말로는 5백 프랑을 받았답니다.」

「대령은 파리에서 알았고?」

「예, 며칠 전에…….」

「요트에서는 무슨 일이 있었다던가?」

뤼카가 묘한 웃음을 지었다.

「그리 떠벌릴 만하지 않은 일들요……. 영국인은 위스키에 절어 살고, 여자들은…… 네그레티 부인이 그의 정부랍니다.」

「그의 아내도 그 사실을 알고 있고?」

「그게 참 가관이에요! 그 부인도 윌리의 정부였거든요. 그런데도 그 양반들, 쉬지와 리아를 배로 데려간 겁니다……. 이해가 되십니까? 게다가 블라디미르까지 이 여자 저 여자 번갈아 가며 춤을 췄답니다. 새벽녘에 언쟁이 있었는데, 리아 로벤슈타인이 5백 프랑은 너무 적다고, 누굴 거지로 아느냐고 따졌답니다. 대령은 윌리에게 모든 걸 맡긴 채 대답조차 안 했고요……. 다들 취해 있었대요……. 네그레티가 선실 지붕 위에서 잠이 드는 바람에 블라디미르가 그녀를 선실로 옮겨야 했고요…….」

매그레는 창문 앞에 우뚝 서서 골똘히 생각에 잠긴 눈길로 운하가 그리는 검은 선을 훑었다. 왼쪽에서 여전히 흙과 자갈을 옮기고 있는 작은 협궤 기차를 알아볼 수 있었다.

하늘은 잿빛이었고, 검은 구름 조각들이 낮게 깔려 있

었지만 비는 내리지 않았다.

「그다음에는?」

「그게 거의 답니다……. 다음 날인 금요일, 파리로 올라온 마리 램슨이 라 쿠폴에서 그 두 아가씨를 만난 것 같습니다. 그때 목걸이를 건넸고요…….」

「저런, 저런! 그러니까 별것 아닌 작은 선물로…….」

「참! 그걸 팔아서 액수의 절반을 자기한테 달라고 했답니다. 남편이 자기 손에는 돈을 쥐어 주지 않는다면서…….」

방 벽지에는 노란색 작은 꽃들이 점점이 찍혀 있었다. 법랑 세면대가 창백한 색조를 더하고 있었다.

매그레는 수문지기가 카운터에서 럼주나 한잔하기 위해 한 선원과 그 마부를 대동하고 잰걸음으로 다가오는 것을 보았다.

「그 아가씨들에게 빼낸 정보는 이게 답니다.」 뤼카가 말을 이었다. 「뒤푸르 형사에게 은밀히 감시하라고 하고 새벽 2시에 그들과 헤어졌습니다. 그러고는 반장님 지시대로 범죄 기록부를 조회하기 위해 도청으로 갔죠……. 윌리 마르코의 기록을 찾았는데, 4년 전에 그리 명쾌하지 않은 도박 사건으로 인해 모나코에서 추방당하고, 그다음 해에는 니스에서 보석 몇 점을 도난당한 미국 여성의 고소로 경찰에 불려 다닌 전력이 있더군요. 하지만 알 수 없는 이유로 고소가 취하되어 풀려났습니다. 반장님 생각에는 그자가……?」

「난 아직 아무 생각 없네. 솔직히 그래, 내 맹세하지. 범죄가 일요일 밤 10시 이후에, 서든 크로스가 라 페르테수주아르에 정박하고 있었을 때 저질러졌다는 사실은 잊지 말게나.」

「대령에 대해서는 어떻게 생각하십니까?」

매그레는 어깨를 으쓱하고는, 배 앞쪽 승강구에서 불쑥 나와 카페 드 라 마린을 향해 걸어오는 블라디미르를 가리켰다. 그는 흰색 바지, 해수욕화와 스웨터 차림에 미국식 베레모를 비스듬히 눌러쓰고 있었다.

「매그레 씨, 전화 받으세요!」 빨간 머리 아가씨가 올라와 문밖에서 외쳤다.

「자네도 같이 내려가지…….」

전화기는 복도 옷걸이 옆에 있었다.

「여보세요! ……모인가요? ……뭐라고요? 예, 라 프로비당스요. ……목요일 하루 종일 모에서 선적을 했다고요? ……금요일 새벽 3시에 떠났고…… 다른 배는 없었나요? ……에코 III…… 그거 유조선이죠? ……금요일 저녁 모에 도착…… 토요일 아침 출발…… 감사합니다, 반장님……. 예, 혹시 모르니까 심문해 주세요. ……같은 주소로요!」

뤼카는 의미를 파악하지도 못한 채 그 대화에 귀를 기

울였다. 매그레가 그에게 막 설명을 해주려는데, 자전거를 타고 온 한 순경이 문에 모습을 드러냈다.

「감식반 통지문입니다……. 긴급이에요!」

순경의 허리띠까지 진흙이 튀어 있었다.

「잠시 들어와서 몸 좀 말리고, 내 건강을 위해 그로그나 한잔하게…….」

매그레는 뤼카 형사를 예인로로 데려갔다. 그러고는 통지문을 개봉해 나지막한 목소리로 읽어 내려갔다.

디지 사건에 대한 첫 분석 결과 요약: 피해자의 머리카락에서 송진 흔적 다수와 적갈색 말 털이 추출됨.

옷에 묻은 얼룩은 석유 자국임.

사망 순간, 위장에는 적포도주, 그리고 시중에서 흔히 〈콘비프〉라는 이름으로 판매되는 것과 유사한 쇠고기 가공식품이 들어 있었음.

「말 열 마리 중 여덟 마리는 털이 적갈색인데!」 매그레가 한숨을 쉬며 말했다.

카페로 들어선 블라디미르는 장을 볼 수 있는 가장 가까운 곳이 어딘지 물었다. 그에게 정보를 줄 수 있는 사람은 셋이었다. 결국 그를 데리고 돌다리 쪽으로 걸음을 옮긴 에페르네의 순경까지 포함해서.

매그레는 뤼카와 마구간으로 갔다. 그곳에는 카페 주인의 회색 말 외에, 무릎 상처가 심해 죽일 수밖에 없다고 사람들이 수군대는 암말 한 마리가 전날 저녁부터 와 있었다.

「송진이 여기서 묻었을 리는 없어.」 반장이 지적했다.

그는 건물들을 우회해 가며 운하에서 마구간까지 오가기를 두 차례 반복했다.

「혹시 송진도 파시오?」 마침 감자를 가득 실은 손수레를 밀고 오는 카페 주인을 본 그가 물었다.

「아마 완전히 송진은 아닐 겁니다…… 여기 사람들은 그걸 노르웨이 타르라고 부르죠. 나무 바지선의 경우, 흘수선 위쪽으로는 그걸 바르거든요. 그 아래쪽은 스무 배는 저렴한 콜타르를 바르는 걸로 만족하고요……」

「지금 있습니까?」

「가게에 늘 스무 통 정도는 있습니다. 하지만 날씨가 이럴 때는 안 팔려요. 선원들은 해가 나올 때까지 기다렸다가 배를 새로 손질하거든요……」

「에코 III도 나무배입니까?」

「쇠로 된 배예요. 모터선 대부분이 그렇듯이요.」

「그럼, 라 프로비당스는……」

「그건 나무배죠…… 뭔가를 찾아내셨습니까?」

매그레는 대답하지 않았다.

「그들이 뭐라는지 아십니까?」 손수레를 내려놓은 카페 주인이 말을 이었다.

「〈그들〉이라니, 누구요?」

「운하 사람들요. 선원, 물길 안내인, 수문지기. 물론 자동차로 예인로를 오가긴 힘들 겁니다……. 하지만 오토바이라면! 게다가 오토바이는 멀리서도 올 수 있어요. 자전거보다 흔적을 덜 남기면서 말이죠…….」

서든 크로스의 선실 문이 열렸지만, 아직은 아무도 보이지 않았다.

한순간, 하늘의 한 점이 노랗게 변했다. 마침내 해가 구름을 뚫고 나올 것처럼. 매그레 반장과 뤼카 형사는 말없이 운하를 따라 오락가락했다.

5분도 채 지나지 않아 바람에 갈대들 허리가 휘어지나 싶더니, 1분 후 소나기가 쏟아졌다.

매그레가 기계적인 동작으로 손을 뻗었다. 뤼카 역시 기계적인 동작으로 주머니에서 싸구려 담뱃갑을 꺼내 반장에게 건넸다.

그들은 잠시 수문 앞에 멈춰 섰다. 갑실은 비어 있었지만 배를 맞을 준비를 하고 있었다. 왜냐하면 눈에 보이지 않는 예인선이 멀리서 뱃고동을 세 번 울렸으니까. 배 세 척을 끌고 오고 있다는 뜻이었다.

「라 프로비당스가 지금 어디쯤 있을 것 같소?」 매그레가 수문지기에게 물었다.

「잠깐만요…… 마뢰유…… 콩데…… 에니 근처에 배 10여 척이 줄지어 가고 있어서 아마 멀리는 못 갔을 겁니다. 브로 수문에 작동 중인 갑문이 두 개밖에 없거든요…… 모르긴 해도 생마르탱에 있을 것 같네요.」

「여기서 멉니까?」

「기껏해야 32킬로미터 정도…….」

「에코 III는?」

「아마 라 쇼세에 있을 거예요…… 근데 어제 저녁 한 하행선 선원 말이, 12호 수문에서 스크루를 말아먹었답니다. 그러니까 아마 여기서 15킬로미터 떨어진 투르쉬르마른에 가면 찾을 수 있을 겁니다…… 그들 잘못이에요! 게다가 규정상 280톤 선적은 금지되어 있는데, 하나같이 그 정도는 채우려고 고집을 피워 대니 원…….」

오전 10시였다. 빌린 자전거에 올라탄 매그레의 눈에, 요트 갑판에 흔들의자를 내놓고 앉아 우편배달부가 막 가져다준 파리 신문들을 펼쳐 보고 있는 대령이 보였다.

「별일 없는 것 같군! 자넨 여기 있게. 한눈팔지 말고…….」 그가 뤼카에게 말했다.

빗줄기가 뜸해졌다. 길은 곧게 뻗어 있었다. 세 번째 수문에 이르렀을 때 태양이 모습을 드러냈다. 갈대에 매달린 물방울들이 반짝이고 있었다.

매그레는 때때로 자전거에서 내려야만 했다. 두 마리씩 짝을 지어 길을 온통 차지한 채, 온몸의 근육이 툭툭 불거질 정도로 용을 써가며 한 발짝씩 내딛는 바지선의 말들을 지나치기 위해서였다.

붉은색 원피스를 입은 여덟 살에서 열 살 가량의 계집아이가 한 손에 인형을 든 채 말 두 필을 끌고 있었다.

마을들이 대부분 운하에서 제법 멀리 떨어져 있었기에, 그 잔잔한 수면의 곧은 띠는 절대적 고독 가운데 한없이 이어져 있는 듯 보였다.

밭 여기저기서 사람들이 허리를 구부린 채 검은 땅을 일구고 있었다. 하지만 나머지는 거의 대부분 숲이었다. 1.5미터에서 2미터 높이의 갈대 또한 평온한 인상을 더했다.

바지선 한 척이 채석장 근처에서 활석을 선적하고 있었다. 배의 늑재며 분주히 오가는 사람들이 활석 가루를 하얗게 뒤집어썼다.

생마르탱 수문에 배 한 척이 있었지만, 라 프로비당스는 아니었다.

「아마 샬롱 너머 수로에 배를 대놓고 점심을 먹고 있을 거예요!」 치마에 매달리는 아이 둘을 데리고 이 갑문에서 저 갑문으로 오가던 수문지기 아낙이 말했다.

매그레는 한번 한다면 하는 사람이었다. 11시경, 그는 주변에서 완연한 봄기운, 햇살과 온기가 진동하는 분위기를 느끼고 적잖이 놀랐다.

앞쪽으로 6킬로미터에 걸쳐 운하가 곧게 뻗어 있었고, 그 양쪽으로 소나무 숲이 늘어서 있었다.

소나무 숲 끝으로 수문의 밝은색 벽들이 흐릿하게 보였다. 물결이 밀려가 갑문에 부딪히며 하얗게 부서졌다.

그 중간에 바지선 한 척이 약간 비스듬히 멈춰 서 있었고, 풀어놓은 말 두 마리가 자루에 머리를 박은 채 콧바람 소리를 내가며 귀리를 먹고 있었다.

첫인상은 쾌활하달까, 적어도 마음을 놓이게 하는 그런 것이었다! 주변에는 집 한 채 보이지 않았다. 잔잔한 물에 비치는 반사광이 넓고 느리게 일렁였다.

자전거 페달을 몇 번 더 밟은 반장은 바지선 후미, 키를 보호하는 갑판 우장(雨裝) 아래 식탁이 차려져 있는 것을 보았다. 식탁보는 푸른색과 흰색 바둑판무늬였다. 금발 여자가 식탁 중앙에 김이 모락모락 나는 요리를 내려놓았다.

녹청이 슬고 번들거리는, 둥글게 휜 늑재에 〈라 프로비당스〉라고 쓰여 있는 것을 확인한 매그레는 자전거에서 내렸다.

말 한 마리가 귀를 흔들어 가며 그를 물끄러미 바라보다가 구시렁거리는 묘한 소리를 내고는, 다시 귀리 자루에 고개를 처박았다.

바지선과 강기슭 사이에는 매그레가 올라서자 금방이라도 부러질 듯 휘어지는 좁고 얇은 널빤지 한 장밖에 없었다. 사내 둘이 눈으로 그를 좇으며 식사를 하는 동안, 여자가 나서서 그를 맞았다.

「무슨 일이세요?」 풍만한 젖가슴 위로 반쯤 열어젖힌 상의 단추를 채우며 그녀가 물었다.

거의 노래를 부르는 것 같은 프랑스 남부 지방 억양이었다. 그녀는 전혀 불안해하는 기색이 아니었다. 태연히 서서 그의 대답을 기다렸다. 살집이 쾌활하게 출렁이는 비대한 몸으로 두 남자를 보호하는 듯 보였다.

「뭐 좀 물어볼 게 있어서요. 소식 들었겠지만, 디지에서 살인 사건이 발생했소……」 반장이 말했다.

「오늘 아침 지나간 〈카스토르와 폴뤽스〉 사람들한테 들었어요……. 그게 사실인가요? 거의 불가능한 일인데, 안 그래요? 대체 어떻게 했을까? 그것도 다들 너무나 평화롭게 지내는 운하에서……!」

그녀의 두 뺨이 벌겋게 달아올랐다. 두 사내는 매그레를 관찰해 가며 식사를 계속했다. 매그레는 콧구멍을 벌름거리게 하는 냄새에 이끌려 무의식적으로 거무스름한 고기로 가득한 접시를 홀긋 쳐다보았다.

「오늘 아침 에니 수문에서 산 염소 새끼예요……. 저희 한테 뭘 물어보고 싶다고 하셨죠? ……아시겠지만, 저희 는 시체가 발견되기 전에 출발했어요……. 참, 그 불쌍한 부인, 누군지는 밝혀졌나요?」

두 사내 중 하나는 키가 작고, 털로 뒤덮여 거무스레했 으며, 축 늘어진 콧수염을 기르고 있었다. 전체적으로 그 에게서는 뭔가 부드럽고 유순한 기운이 풍겼다.

그는 금발 여인의 남편으로, 말을 하는 건 아내에게 맡 기고 불청객에게 어렴풋이 인사를 하는 것으로 만족했다.

다른 사내는 예순 살 정도로 보였다. 아무렇게나 자른 아주 뻣뻣한 머리카락은 허옇게 세어 있었다. 3~4센티미 터 길이의 수염이 턱과 볼 대부분을 뒤덮고 있는 데다 눈 썹까지 아주 짙어서 마치 무슨 털북숭이 짐승처럼 보였다.

그와 대조적으로, 두 눈은 맑고 무표정했다.

「댁의 마부한테 몇 가지 물어보고 싶은데…….」

여자가 피식 웃었다.

「장한테요? 미리 알려드리는데, 그는 말이 별로 없어 요……. 아주 곰 같죠! ……먹는 걸 좀 보세요. 하지만 마 부 일 하나는 끝내주게 잘해요…….」

늙은 마부의 포크가 허공에서 멈췄다. 그는 당황스러

울 정도로 맑은 눈동자로 매그레를 쳐다보았다.

몇몇 시골 바보들이 그런 눈길을 갖고 있다. 줄곧 좋은 대우를 받다가 갑자기 가혹 행위를 당하는 짐승들도.

약간의 어리벙벙함. 하지만 딱 꼬집어 뭐라고 말할 수 없는 다른 것, 자폐 비슷한 뭔가도 있었다.

「그날, 말을 돌보기 위해 몇 시에 일어났소?」

「늘 일어나는 시각에……」

그는 다리가 아주 짧은 만큼 더욱더 놀라울 정도로 어깨가 넓었다.

「장은 매일 새벽 2시 반에 일어나요!」 여자가 끼어들었다. 「우리 말들을 좀 보세요……. 매일 고급 말들처럼 잘 먹인답니다……. 그리고 저녁에는, 말들을 짚단으로 문질러 주기 전에는 그에게 백포도주 한 잔 마시게 하기도 힘들어요……」

「잠은 마구간에서 잡니까?」

장은 무슨 말인지 못 알아듣는 표정이었다. 배 중앙에 더 높게 지어 놓은 건조물을 가리킨 것도 금발 여인이었다.

「저게 마구간이에요! 장은 늘 저기서 자요. 우린 배 후미에 있는 선실에서 자고요……. 한번 보시겠어요?」

갑판은 구석구석 깨끗했고, 구리들은 얼마나 문질러 닦았는지 서든 크로스의 것보다 더 번쩍거렸다. 선장 아내가 색유리로 된 승강구 아래 소나무 이중문을 열었을 때, 매그레는 가슴을 짠하게 하는 작은 거실을 발견했다.

그곳에는 소시민 가정의 가장 전통적인 거실에서 볼 수 있는 것과 똑같은 앙리 3세풍의 참나무 가구들이 있었다. 탁자는 여러 색깔의 비단으로 수를 놓은 보로 덮여 있었고, 그 위에 꽃병, 받침대 위에 올려놓은 사진, 녹색 식물로 넘쳐 나는 화분용 가구가 놓여 있었다.

찬장 역시 수놓은 천으로 덮여 있었다. 안락의자에는 보호용 그물망 덮개가 씌워져 있었다.

「장이 원했다면, 우리 곁에 침대를 하나 놔줬을 거예요. 근데 하는 말이 마구간이 아니면 잠을 이룰 수가 없대요……. 저러다 언젠가 말한테 차일까 봐 늘 걱정인데도 말이에요……. 짐승들이 그를 안다 한들 무슨 소용이 있겠어요, 안 그래요? 특히 저것들이 잠을 잘 때는…….」

그녀가 식사를 시작했다. 식구를 위해 요리를 하는 주부들이 흔히 그러듯 자기도 모르게 가장 맛없어 보이는 것만 골라 집어 가며.

배 주인이 담배를 마는 동안 장이 일어나 말과 반장을 번갈아 쳐다봤다.

「뭐 보거나 들은 거 없소?」 마부를 노려보며 반장이 물었다.

마부가 자기를 돌아보자, 선장 아내가 입안 가득 음식

을 문 채 대답했다.

「반장님도 그렇게 생각하시겠지만, 장이 뭔가를 봤다면 벌써 말씀드렸을 거예요.」

「〈마리〉호가 오고 있어……!」 그녀 남편이 불안스러운 목소리로 말했다.

얼마 전부터 공기에서 모터의 진동이 느껴졌던 터였다. 이제, 라 프로비당스 뒤편으로 바지선의 형태가 희미하게 보였다.

장이 선장 아내를 쳐다봤고, 선장 아내는 망설이는 눈길로 매그레를 쳐다봤다.

「저기요, 반장님.」 그녀가 마침내 말했다. 「장과 꼭 얘길 하셔야 한다면, 길로 내려가서 하시면 안 될까요……? 마리는 모터가 달렸지만 우리보다 더 느리거든요. 그래서 만약 마리가 우릴 추월해 수문에 먼저 들어가면, 앞으로 이틀 동안은 우리 앞길을 막을 거예요…….」

장은 선장 아내의 말이 끝날 때까지 기다리지 않았다. 그는 귀리 자루를 치우고, 바지선 1백 미터 전방으로 말들을 끌고 갔다.

배 주인이 양철 나팔을 불어 염소 울음처럼 떨리는 소리를 냈다.

「그냥 배에 계시겠어요? ……우리가 아는 거 다 말씀드릴게요. 리에주에서 리옹까지 운하에서 우리 모르는 사람 아무도 없어요…….」

「그럼 수문으로 갈 테니 거기서 봅시다.」 자전거를 땅
에 놓고 온 매그레가 말했다.

선교가 치워졌다. 수문의 갑문 위로 그림자 하나가 나
타났다. 곧이어 수문들이 열렸다. 방울 소리가 울려 퍼지
는 가운데, 말들이 머리 꼭대기에 매달린 붉은 방울 술을
흔들며 걷기 시작했다.

그들 곁에서 장 또한 무심한 표정으로 걸음을 느릿느
릿 옮기기 시작했다.

2백 미터 정도 뒤처져 따라오던 모터 바지선이, 너무
늦었음을 알아차리고는 속도를 줄였다.

매그레도 한 손으로 자전거 핸들을 쥔 채 따라갔다. 그
는 여주인이 서둘러 식사를 마치는 것을, 작고 여위고 야
무지지 못한 그녀의 남편이 그에게는 너무 버거운 키 위
에 거의 드러눕다시피 하는 것을 볼 수 있었다.

4

정부

「점심은 먹고 왔소이다!」카페 드 라 마린에 들어서며 매그레가 말했다. 뤼카가 창가에 자리를 잡고 있었다.

「에니에서요?」카페 주인이 물었다. 「제 처남이 거기서 식당 겸 여인숙을 하는데…….」

「맥주나 좀 주시구려…….」

그건 마치 무슨 내기 같았다. 반장이 끙끙대며 자전거 페달을 밟아 디지에 접근하자마자 날씨가 다시 흐려지기 시작했다. 그리고 이제는 빗방울이 마지막 태양 광선을 잘게 가르고 있었다.

서든 크로스는 여전히 있던 곳에 있었다. 갑판에는 아무도 보이지 않았다. 수문에서도 소리 한 점 들려오지 않았다. 마당에서 암탉들이 꼬꼬댁거리는 소리를 들으며, 매그레는 처음으로 정말 시골에 와 있는 느낌을 받았다.

「아무 일 없었나?」그가 뤼카 형사에게 물었다.

「승조원이 장을 봐서 돌아왔고, 여자가 푸른색 목욕 가운 차림으로 잠시 모습을 비쳤습니다. 대령과 월리는 여기 와서 아페리티프를 마셨고요. 삐딱하게 쳐다보는 눈초리가 절 경계하는 것 같았습니다……」

매그레는 뤼카가 건네주는 담배를 집어 파이프를 채우며 맥주를 가져다준 카페 주인이 옆 가게로 사라질 때까지 기다렸다.

「나도 허탕 쳤어!」 그때서야 그가 투덜거렸다. 「마리 램슨을 태워 올 수도 있었을 배 두 척 가운데, 한 척은 여기서 15킬로미터 떨어진 곳에 고장이 나 멈춰 서 있고, 다른 한 척은 운하를 따라 시속 3킬로미터의 속력으로 기어가다시피 하고 있네……. 첫 번째 배는 쇠로 된 배야. 따라서 시신에 송진이 묻을 리 만무하지…….

두 번째 배는 나무배인데……. 선주 부부 이름이 카넬이야. 어떻게든 나에게 끔찍한 럼주 한 잔을 대접하고 싶어 한 뚱뚱한 아줌마하고, 스패니얼처럼 그녀 주위를 맴도는 조막만 한 남편…….

그렇다면 그들의 마부밖에 없는데…….

바보인 척하는 거거나, 그 경우에는 아주 영리한 자라고 봐야겠지, 아니면 정말 바보이거나……. 그들과 지낸 지 8년이나 됐다는군. 남편이 스패니얼이라면, 그 장이라는 자는 불도그라고 할 수 있어…….

새벽 2시 반부터 일어나 말을 돌보고, 커피 한 사발 들이켜고는 말들과 함께 걷기 시작해⋯⋯. 그렇게 매일 30~40킬로미터씩 해치우지, 한결같은 걸음걸이로, 수문에 들를 때마다 백포도주 한 잔씩 비워 가며⋯⋯.

저녁에는 짚단으로 말들을 문질러 주고 묵묵히 식사를 한 다음 짚 더미 위에 쓰러져 잔다는군, 대부분 입고 있던 옷 그대로⋯⋯.

그 양반 신분증을 봤네. 낡은 군인 수첩이었는데, 때에 절어서 잘 넘겨지지도 않더군. 이름은 장 리베르주, 1869년 릴 출생.

그게 다야! ⋯⋯아니, 다는 아냐! 라 프로비당스가 목요일 저녁에 모에서 마리 램슨을 태웠다고 가정해 봐야 할 거야⋯⋯. 그때 그녀는 살아 있었어⋯⋯. 일요일 저녁 이곳에 도착했을 때도 살아 있었고⋯⋯.

원치 않는 사람을 선상 마구간에 이틀 동안 감추는 건 현실적으로 불가능해⋯⋯. 세 사람이 공범이 아닌 다음에야⋯⋯.」

잔뜩 찌푸린 매그레의 표정이 그 가설을 믿지 않는다는 것을 말해 주고 있었다.

「피해자가 자의로 배에 올랐다고 가정한다면⋯⋯. 자네가 해야 할 일이 뭔지 알겠나? 지금 당장 램슨 경한테 가서 아내의 처녀 시절 성이 뭐였는지 물어보게. 그러고 나서 전화통에 매달려서 그녀에 대한 정보를 찾아봐……」

하늘 두세 곳에 태양 광선이 아직 미적거리고 있었다. 하지만 빗줄기가 점점 더 굵어졌다. 카페 드 라 마린을 나선 뤼카가 요트로 발걸음을 옮기자마자, 편하고 한가로운 평상복 차림을 한 윌리 마르코가 멍한 눈길로 요트에서 내려왔다.

늘 잠을 충분히 못 잤거나 너무 잦은 음주로 인해 아직 숙취에서 덜 깬 것처럼 보이는 것, 그것은 정말이지 서든 크로스에 타고 있는 모든 승객의 공통점이었다.

두 남자는 예인로에서 마주쳤다. 윌리는 뤼카 형사가 배에 오르는 것을 보더니 잠시 망설이는 것처럼 보였다. 그러나 피우던 꽁초를 내던지고 새 담배에 불을 붙인 다음, 카페를 향해 곧장 걸어왔다.

그는 딴청 한 번 피우지 않고 매그레 반장부터 찾았다.

반장에게 다가간 윌리는 펠트 모자를 쓴 채였다. 그가 무심결에 손가락으로 모자를 만지작거리며 중얼거렸다.

「안녕하세요, 반장님……. 잠은 잘 주무셨습니까? 잠시 말씀드릴 게 있는데……」

「말해 보시오.」

「여기서는 곤란하고…… 괜찮으시면…… 예를 들어 반장님 방으로 올라가면 안 될까요?」

그는 특유의 경망스러움을 조금도 잃지 않고 있었다.

그의 작은 두 눈이 반짝거렸다. 어떻게 보면 기분이 좋거나 장난기가 있어 보이기도 했다.

「담배 태우시겠습니까?」

「됐소.」

「참, 반장님은 파이프 담배를 태우시지…….」

매그레는 그를 아직 청소가 안 된 자기 방으로 데려가기로 마음먹었다. 윌리는 방에 들어서자마자 요트 쪽을 흘낏 쳐다본 다음 침대 가장자리에 걸터앉았다.

「물론 저에 대해 이미 알아보셨겠지만…….」

그가 눈으로 재떨이를 찾았다. 재떨이가 안 보이자, 담뱃재가 바닥에 떨어지게 내버려 뒀다.

「썩 좋진 않죠? 아닌 게 아니라 전 살아오면서 성인군자처럼 보이려고 애쓴 적이 한 번도 없었어요……. 그래서 대령님은 하루에도 세 번씩 저더러 건달 같은 놈이라고 말하시죠.」

무엇보다 놀라운 것은 그의 얼굴에 드러나는 진솔한 표정이었다. 매그레는 처음에는 영 마음에 들지 않았던 그가 이젠 그럭저럭 봐줄 만하다고 생각하기까지 했다.

교활함과 재간의 묘한 혼합. 동시에 다른 것을 모두 용서하게 만드는 어떤 반짝임, 거기다 미워할 수 없게 만드는 약간의 장난기까지.

「믿으실지 모르겠지만, 저, 영국 황태자처럼 이튼에서

공부했어요……. 같은 또래였다면 아마 세상에 둘도 없는 친구가 되었을 겁니다……. 제 아버지가 스미르나[5]에서 무화과를 파는 상인만 아니었다면 말이죠. 전 그게 끔찍하게 싫었어요! 그래서 문제가 좀 있었죠……. 이왕 말이 나온 김에 모두 말씀드리자면, 이튼에서 같이 공부하던 한 학우의 어머니가 한동안 절 곤경에서 구해 줬어요……. 그 부인 성을 밝히지 않는 건 이해하시죠? 정말 매력적인 부인이었는데……. 남편이 장관 자리에 오르자, 그의 평판을 더럽힐까 봐 두려워했죠…….

그 후로는…… 모나코와 니스 소동에 대해선 이미 들으셨을 테고……. 그거, 사실은 그렇게 추한 사건은 아니에요. 제가 쓸 만한 충고 하나 해드리죠. 리비에라 해변에서 즐거운 한때를 보내다 시카고에서 불쑥 찾아온 남편한테 덜미를 잡힌 미국인 중년 부인이 하는 말은 절대 믿지 마십시오. 보석을 도난당했다는 주장도요. 늘 도난당한 건 아니니까……. 그 정도로 해두고 넘어가죠!

이제 목걸이 얘길 해보죠……. 반장님은 이미 알고 있거나, 아니면 아직 아무것도 모르고 계세요. 어제저녁에 반장님께 그 얘길 하고 싶었지만, 상황이 상황이니만큼 대령님 체면도 있고 해서 차마 그럴 수가 없었어요…….

누가 뭐래도 대령님은 신사거든요. 그래요, 위스키를

약간 지나치게 좋아하긴 하죠……. 하지만 그에게도 그럴 만한 이유가 있어요…….

그는 장군감이었어요. 리마[6]에서 가장 잘 나가는 장교 중 하나였으니까요. 그런데 여자 문제로, 원주민 고위급 인사의 딸과 눈이 맞는 바람에 예편되고 말았죠…….

보셨다시피, 놀라운 욕구를 가진 멋진 분이죠……. 거기 있을 때는 보이 서른 명에다 부관과 비서 여럿을 거느렸고, 몇 대인지 모를 자동차와 말이 늘 대기하고 있었어요…….

그런데 갑자기 더는 아무것도 못 누리게 된 거죠. 매년 십만 프랑에 달하는 뭔가가 〈휙〉 하고 사라져 버린 겁니다…….

대령님이 마리를 만나기 전에 이미 두 번 결혼한 적이 있다는 거 말씀드렸던가요? 첫 번째 부인은 인도에서 사망했고……. 두 번째 부인하고는, 보이와 함께 있는 걸 발견하고도 모든 잘못을 자기 탓으로 돌리고 이혼했어요……. 그야말로 신사죠!」

윌리가 상체를 뒤로 젖힌 채 꼰 다리를 느린 박자로 까닥거리는 동안, 매그레는 파이프를 악물고 벽에 등을 기댄 채 꼼짝 않고 서 있었다.

6 아래 본문 중 장교의 첫 번째 부인이 인도에서 사망했다는 내용으로 보아, 저자의 착오로 보인다.

「일이 그렇게 된 겁니다! ……그는 이제 되는대로 시간을 보내고 있어요. 사람들이 르 프티 랑구스티에라고 부르는, 포르크롤 섬의 옛 요새에 거주하고 있죠. 돈이 제법 모이면, 런던이나 파리로 나가고요.

인도에 있을 때는 식기 30~40벌이 필요한 만찬을 매주 열었던 양반이 말입니다……」

「그러니까 대령 얘기하러 날 찾아온 거요?」 매그레가 불쑥 물었다. 윌리는 눈썹 하나 까딱하지 않았다.

「사실대로 말씀드리자면, 전 반장님에게 그런 생활의 분위기를 전하려고 애쓰고 있는 겁니다. 인도나 런던에서 살아 보신 적도, 서른 명의 보이와 손만 뻗으면 안겨오는 예쁜 아가씨들을 곁에 두신 적도 없을 테니까요…….

반장님 심기를 불편하게 해드리려는 의도는 없습니다. 간단히 말해, 전 2년 전에 대령님을 만나 여태까지 지내고 있습니다…….

반장님은 살아 있는 마리를 본 적이 없으시죠……. 매력적인 여자였지만, 경솔하기 짝이 없었어요. 빽빽거려서약간 시끄럽기도 했고요. 끊임없이 신경을 써주지 않으면, 버럭 성질을 부리거나 소란을 피우곤 했죠…….

참, 대령의 나이가 몇인 줄 아십니까? 예순여덟입니다…….

그는 그녀를 피곤해했습니다, 이해하시죠……? 그의

일시적 욕망들을 — 그에게도 아직은 욕망이 있으니까요! — 충족시켜 주긴 했지만, 약간 성가셨거든요…….

그녀는 저한테 홀딱 빠졌어요……. 저도 그녀를 좋아했고요.」

「내가 보기엔 네그레티 부인이 램슨 경의 정부인 것 같은데, 아니오?」

「맞습니다!」 윌리가 입을 삐죽 내밀며 인정했다. 「설명하기 힘든데……. 대령님은 혼자서는 살아가지도, 술을 마시지도 못합니다……. 주변에 늘 사람들이 있어야 하죠. 네그레티 부인은 방돌에 기항했다가 만났어요. 다음 날 날이 밝았는데도 떠나지 않았죠……. 대령님하고는 그걸로 충분해요! 그녀는 배에 머물고 싶은 만큼 머물 겁니다…….

제 경우는 달라요……. 전 대령님도 위스키도 견뎌 낼 수 있는 몇 안 되는 남자 중 하나거든요. 아마도 블라디미르를 제외하고요……. 그 친구, 반장님도 보셨죠? 술에 취한 우릴 간이침대에 눕혀 주는 것도 십중팔구 그 친구입니다…….

제가 처한 상황을 정확하게 가늠하시는지는 모르겠습니다만……. 물론 저야 돈 걱정을 할 필요는 없습니다. 가끔 휘발유가 떨어져 런던에서 수표가 도착할 때까지 보름씩 항구에 발이 묶여 있긴 했지만요!

곧 말씀드릴 그 목걸이만 해도 스무 번은 족히 전당포에 들락거렸을 겁니다…….

아무렴 어떻습니까! 위스키가 떨어지는 경우는 거의 없는걸요…….

호화로운 생활은 아니지만…… 완전히 취해 곯아떨어지고…… 바람 따라, 물결 따라…… 갔다가…… 왔다가…….

제 심정을 말씀드리자면, 아직은 이 생활이 아버지의 무화과 가게 보는 것보다는 낫습니다…….

처음에는 대령님도 마리에게 보석 몇 점을 선물하셨어요. 그녀가 가끔 돈을 달라고 하기도 했죠. 옷도 사 입고 용돈도 좀 있어야 한다면서. 이해하시죠……?

반장님께서는 어떻게 생각하실지 몰라도, 맹세하건대, 어제 그 끔찍한 사진에 찍힌 게 그녀라는 걸 알고 큰 충격을 받았습니다……. 그건 대령님도 마찬가지였어요! ……흐트러진 모습을 보이느니 차라리 갈가리 찢겨 죽는 쪽을 택할 양반이라 그렇지……. 그분이 그렇다니까요! 골수 영국인이죠!

지난주 파리를 떠났을 때 ― 오늘이 화요일이죠? ― 금고가 거의 바닥을 드러냈어요. 대령님이 런던으로 전보를 보내 연금 가불을 요청했고…… 우린 에페르네에서 우편환이 도착하길 기다렸어요. 아마 지금쯤은 도착했을 겁니다.

다만, 제가 파리에 남겨 둔 빚이 좀 있습니다……. 그래서 이미 두세 번 왜 목걸이를 팔지 않느냐고 마리에게 물었죠. 대령님한테는 분실했거나 도난당했다고 둘러대면 그만이었거든요…….

아시다시피, 목요일 저녁 선상에서 파티가 있었습니다. 파티래 봤자 별것 아니었으니 너무 대단하게 생각하진 마십시오. 대령님은 예쁜 여자들을 보면 배에 초대하지 않고는 못 배기거든요.

그러다 두 시간쯤 지나 일단 술에 취하면, 가능한 한 적은 돈 쥐여 주고 내쫓는 일은 제 몫이 되죠…….

목요일에 마리는 평소보다 훨씬 일찍 일어났습니다. 우리가 침대에서 나왔을 때 그녀는 이미 바깥에 나가 있었어요.

점심 식사를 한 후에 잠시 단둘이 있었는데…… 그녀가 아주 정겹게 굴었어요. 짙은 슬픔이 밴, 예사롭지 않은 정겨움 말입니다…….

그러다 어느 순간 내 손에 목걸이를 쥐여 주며 말했죠.

〈이거 팔면 당신 문제 해결할 수 있을 거야…….〉

제 말 안 믿으셔도 할 수 없습니다! ……전 약간은 당황스럽기도 하고, 약간은 가슴이 짠하기도 했죠. 그녀를 알았다면, 아마 반장님도 이해하실 겁니다…….

가끔 사람을 언짢게 하는 만큼, 또 가끔은 마음을 뒤흔

들어 놓기도 했죠…….

그게요……. 그녀 나이 마흔이었습니다. 나이에 비해 젊어 보이긴 했지만……. 여자로서는 끝났다는 걸 그녀도 분명히 느끼고 있었을 겁니다.

그때 누군가가 들어왔고……. 전 재빨리 목걸이를 주머니에 넣었습니다. 저녁때, 대령님이 우릴 댄스홀로 데려갔고, 마리는 혼자 배에 남았습니다.

우리가 돌아왔을 때, 그녀는 배에 없었어요……. 대령님은 별 걱정 안 했어요. 그녀가 종적을 감춘 게 처음이 아니었거든요…….

반장님이 생각하실 만한 그런 실종이 전혀 아니었어요! 예를 들어, 한번은 포크롤 섬 축제 때, 르 프티 랑구스티에에서 일주일가량 연회가 열린 적이 있었어요…….

이틀 동안은 마리가 가장 신 나 했죠. 그런데 사흘째 되던 날, 홀연히 자취를 감춰 버렸어요…….

우리가 마리를 어디서 찾았는지 아십니까? 지앵의 한 여인숙에서요. 거기서 안 씻어 꾀죄죄한 아이 둘을 데리고 엄마 놀이를 하며 시간을 보내고 있더군요…….

전 얼떨결에 주머니에 집어넣은 목걸이가 영 마음에 걸렸습니다. 금요일에 파리로 나갔는데…… 하마터면 그걸 팔 뻔했어요. 그런데 행여 말썽이 생기면, 내가 곤란해질 수도 있겠다는 생각이 들더군요…….

그때 전날 밤의 두 아가씨가 떠올랐어요. 그런 아가씨들, 얼마든지 구워삶을 수 있거든요……. 게다가 리아는 전에 니스에서 만난 적이 있었어요. 그녀라면 믿을 수 있다는 걸 알고 있었죠.

전 그녀에게 목걸이를 맡겼어요. 만일에 대비해, 누가 물으면 마리가 팔아 달라며 직접 줬다고 말하라고 하고요…….

아주 간단한 얘기지만……. 멍청한 짓이었어요! 그냥 가만히 있는 편이 나았을 텐데……. 머리가 안 돌아가는 경찰한테 걸렸다가는 중죄 재판소로 끌려갈 수도 있는 사안이거든요.

어제 마리가 교살당했다는 걸 알았을 때에야 깨달았답니다…….

반장이 어떻게 생각하시는지는 묻지 않겠습니다……. 솔직히 말씀드리자면, 체포될 거라는 각오까지 하고 있어요.

더 이상 말씀드리면 실수가 될 테니, 이쯤만 하지요……. 원하신다면 언제든 도와드릴 용의는 있습니다.

반장님 눈에는 이상해 보일 수도 있겠지만 알고 보면 아주 간단한 것들도 있으니까요…….」

그는 침대에 거의 드러누워 천장에 시선을 고정한 채 계속 담배를 피워 댔다.

매그레는 당혹감을 감추기 위해 창가로 가 우뚝 섰다.

「당신이 날 찾아온 거, 대령도 알고 있소?」 그가 갑자기 돌아서며 물었다.

「아뇨, 목걸이 건도 이 건도 모르고 있습니다. 심지어…… 제가 아무것도 요구할 수 없다는 건 알지만…… 목걸이 건은 그가 계속 모르고 있었으면 좋겠습니다.」

「네그레티 부인은……?」

「거추장스러운 짐짝이죠! 침상에 누워 담배나 피우고 부드러운 술이나 홀짝거리지 않고는 달리 살 수 없는 여자예요. 배에 오른 날부터 그냥 세월아 네월아 하고 있죠……. 참! 카드놀이를 좋아해요! ……아마 그게 유일한 열정이 아닌가 싶다니까요.」

녹슨 쇠의 아우성이 사람들이 갑문을 열고 있다는 것을 알려 주었다. 노새 두 마리가 카페 앞을 지나치더니 조금 떨어진 곳에 멈춰 섰다. 반면, 그 노새들이 끌던 빈 바지선은 운하의 제방 비탈을 타고 올라갈 듯이 진항 속도로 계속 미끄러졌다.

블라디미르가 허리를 잔뜩 구부린 채 작은 보트를 채워 침몰시키려고 위협하는 빗물을 삽으로 퍼내고 있었다.

자동차 한 대가 돌다리를 건너 예인로로 진입하려 하다가 일단 정지했다. 그러고는 이리저리 서툴게 다시 진입을 시도하더니, 결국에는 완전히 멈춰 섰다.

검은 옷을 입은 사내 하나가 차에서 내렸다. 어느새 일어난 윌리가 창밖을 흘낏 쳐다보더니 말했다.

「장의사로군……」

「대령은 언제 떠날 생각이오?」

「장례를 치르는 즉시요……」

「여기서 치를 거랍디까?」

「어디든 상관없을 겁니다! 한 아내는 이미 리마 근처에 묻혔고, 뉴욕 사람과 재혼한 또 한 명의 아내는 언젠가 미국 땅에 묻힐 테니까요……」

매그레는 농담을 하고 있는 게 아닌지 확인하려는 것처럼 자기도 모르게 그를 쳐다보았다. 눈동자에 애매모호한 예의 작은 불꽃을 담고 있긴 했지만, 윌리 마르코의 표정은 심각했다.

「우편환이 도착해 있기만 하다면야! ……안 그러면 장례식도 미뤄야 할 겁니다……」

요트 앞에서 머뭇대던 검은 옷의 사내가 블라디미르에게 말을 걸었고, 승조원이 하던 일을 멈추지 않은 채 무어라고 대답하자 마침내 배로 올라가 선실 안으로 사라졌다.

매그레는 뤼카에게 맡긴 일이 궁금했다.

「이제 가보구려.」 그가 윌리에게 말했다.

윌리가 망설였다. 일순, 불안이 그의 얼굴을 스쳐 지나갔다.

「대령님한테 목걸이 얘길 하실 겁니까?」

「그건 나도 모르겠소……」

변신은 순식간이었다. 어느새 경망스러운 젊은이로 되돌아온 윌리가 펠트 모자를 고쳐 쓰고는 손짓으로 인사를 하고 층계를 내려갔다.

매그레가 내려갔을 때, 선원 둘이 맥주병을 앞에 놓고 카운터에 앉아 있었다.

「동료 분은 전화 통화를 하고 있습니다……. 물랭을 연결해 달라고 하더군요……」 카페 주인이 그에게 말했다.

예인선이 멀리서 고동을 불었다. 매그레는 무의식적으로 고동 소리의 수를 셌고, 혼자 중얼거렸다.

「다섯……」

바로 그게 운하의 삶이었다. 바지선 다섯 척이 오고 있었다. 나막신을 신은 수문지기가 집에서 나와 수문들이 있는 쪽으로 걸어갔다.

뤼카가 벌게진 얼굴로 돌아왔다.

「휴! 장난이 아니네……」

「무슨 일인가?」

「대령 말이 아내의 처녀 시절 이름이 마리 뒤팽이었다고 하더군요……. 결혼할 때 물랭에서 그 이름으로 뗀 출생증명서를 제출했답니다. 그래서 방금 교환수한테 긴급으로 해달라고 해서 그쪽으로 전화를 걸어 봤습니다……」

「그래서?」

「장부에 기재된 마리 뒤팽은 단 한 명뿐인데, 마흔두 살에 자식이 셋이고, 오트 가에서 빵집을 하는 피에뵈프라는 자의 처랍니다……. 저랑 통화한 시청 담당자 말로는 어제도 빵집 계산대 뒤에 서 있는 그녀를 봤다는군요. 체중이 90킬로그램은 족히 나간답니다.」

매그레는 아무 말도 하지 않았다. 그는 뤼카에게는 신경도 쓰지 않은 채 한가한 금리 생활자처럼 수문을 향해 걸어가, 배를 한 척씩 들이는 그 모든 작업을 눈으로 좇았다. 분을 삭이듯 엄지로 파이프 속을 꾹꾹 다져 가며.

잠시 후, 블라디미르가 수문지기에게 다가가 거수경례를 하고는 어딜 가면 식수를 채울 수 있는지 물었다.

5
Y. C. F. 배지

매그레는 그에게 모, 파리, 그리고 물랭에 다녀오라는 지시를 받은 뤼카 형사가 출발하자 일찌감치 잠자리에 들었다.

그가 카페 홀을 나섰을 때 손님은 선원 둘, 그리고 남편을 데리러 와서는 구석진 곳에 앉아 뜨개질을 하는, 그 둘 중 하나의 아내뿐이었다.

분위기는 음울하고 무거웠다. 바깥, 바지선 한 척이 현창들이 모두 훤하게 밝혀져 있는 서든 크로스에서 2미터도 채 안 떨어진 곳에 멈춰 섰다.

그때 갑자기 반장은 꿈에서 깨어났다. 너무나 희미해 눈을 뜨자마자 더는 기억이 나지 않는 그런 꿈이었다. 누가 다급하게 문을 두드리면서 겁에 질린 목소리로 외쳤다.

「반장님……! 반장님……! 빨리요! 제 아버지가…….」

그가 잠옷 바람으로 달려가 문을 열자, 예기치 못한 흥분 상태에 빠진 카페 주인의 딸이 그에게 달려들어 말 그대로 그의 품을 파고들었다.

「저쪽이에요! 어서 가보세요……. 아니! 그냥 있으세요. 도저히 혼자 못 있겠어요. 싫어요……. 무서워요…….」

그는 그녀에게는 크게 관심을 가져 본 적이 없었다. 그저 예민하지 않아 통통하게 살이 찐 다부진 처녀로 간주했었다.

그런 그녀가 충격에 휩싸인 얼굴로 온몸을 부들부들 떨며 성가실 정도로 집요하게 그에게 매달렸다. 매그레는 그녀에게서 벗어나려고 애쓰면서 창가로 가 창을 열었다.

아침 6시 정도 됐음 직한 시각이었다. 동이 막 텄는지 날이 겨울 새벽만큼이나 찼다.

서든 크로스에서 돌다리와 에페르네 로 방향으로 1백 미터가량 떨어진 곳에서 남자 네댓 명이 무거운 바지선 갈고리 장대로 물 위에 떠다니는 뭔가를 끄집어내려고 애썼고, 선원 한 명은 도선(渡船)의 닻줄을 풀어 노를 젓기 시작했다.

매그레는 구겨진 잠옷을 입고 있었다. 그는 그 위에 외투를 걸치고, 반장화를 찾아 맨발을 욱여넣었다.

「저기요! ……〈그 사람〉이에요. 그들이 그를…….」

매그레는 거칠게 뿌리쳐 그 묘한 아가씨의 품에서 벗어났다. 그가 층계를 내려가 바깥으로 나가는 순간, 아기를 품에 안은 한 여자가 사람들이 모여 있는 곳을 향해 다가갔다.

그는 마리 램슨의 시신이 발견되었을 당시 그곳에 없었다. 하지만 이번 발견이 아마도 더 불길할 것 같았다. 살인 사건이 반복됨으로써 거의 광적인 불안이 그 운하의 일부 위를 떠돌고 있었으니까.

사람들이 서로를 불러 댔다. 물 위에 사람의 형체가 떠다니는 것을 처음 목격한 카페 드 라 마린의 주인이 인양 작업을 지휘하고 있었다.

상대가 두 차례 시신에 가닿았지만, 두 번 다 갈고리가 미끄러지고 말았다. 그때마다 시신이 몇 센티미터 정도 가라앉았다가 다시 수면 위로 떠올랐다.

매그레는 벌써 윌리의 짙은 색 정장을 알아보았다. 다른 부위보다 무거운 머리가 물속에 가라앉아 있었기 때문에 얼굴은 아직 보이지 않았다.

도선이 갑자기 시신의 머리에 부딪혔다. 선원이 시신의 가슴을 잡아 한 손으로 끌어올렸다. 하지만 시신을 배에 올리려면 뱃전 너머로 넘겨야 했다.

사내는 혐오감을 모르는 듯했다. 그가 시신의 다리를 잡아 하나씩 들어 올린 다음, 닻줄을 땅에 던지고는 손등으로 비 오듯 흐르는 이마의 땀을 닦았다.

그 순간, 매그레는 요트 승강구에서 불쑥 나오는, 잠에 취한 블라디미르의 얼굴을 보았다. 러시아인은 눈을 비비고는 배 안으로 사라졌다.

「아무것도 건드리지 마시오…….」

뒤편에서 한 선원이, 알자스에 사는 자기 처남은 세 시간가량 물에 빠져 있었는데도 살아났다고 항의하듯 중얼거렸다.

카페 주인이 시신의 목을 가리켰다. 마리 램슨과 마찬가지로 시커멓게 변한 손가락 자국 두 개가 선명하게 나 있었다.

그 비극이 훨씬 더 충격적이었다. 윌리는 마치 뭔가에 놀란 사람처럼 눈을 휘둥그레 뜨고 있었다. 평소보다 훨씬 더 크게. 오른손에는 한 움큼의 갈대를 쥐고 있었다.

등 뒤에서 뭔가 색다른 기척을 느끼고 돌아본 매그레는 자신과 마찬가지로 잠옷 차림으로 나온 대령을 발견했다. 잠옷 위에 비단 실내복을 걸친 그는 푸른색 염소 가죽 슬리퍼를 신고 있었다.

희끗희끗한 머리카락은 헝클어져 있었고, 얼굴은 약간 부어 있었다. 매그레는 그런 옷차림으로 투박한 복장에 나막신을 신은 선원들 틈에, 진창과 새벽의 습기 속에 서 있는 그를 보자 묘한 기분이 들었다.

그가 키도 가장 크고, 체격도 가장 우람했다. 그에게서 화장수 냄새가 희미하게 풍겼다.

「윌리……!」 그가 걸걸한 목소리로 내뱉었다.

그러고는 너무 빨라 매그레가 알아듣지 못한 영어 몇 마디를 흘린 다음, 허리를 굽혀 청년의 얼굴을 만졌다.

반장을 깨웠던 아가씨가 카페 문에 기대 울음을 터뜨렸다. 수문지기가 달려왔다.

「에페르네 경찰에 연락하시오……. 의사도 한 명…….」

네그레티 역시 옷도 갖춰 입지 못한 채 맨발로 뛰쳐나왔지만, 감히 요트 갑판을 떠나지 못하고 목이 빠져라 대령만 불러 댔다.

「월터……! 월터……!」

그 뒤편에 언제 왔는지조차 알 수 없는 사람들, 협궤 기차 기관사, 토목 기사들, 몰던 암소가 예인로를 따라 홀로 가게 내버려 둔 농부가 서 있었다.

「시신을 카페로 옮겨요. 꼭 필요한 데만 잡고 들어서…….」

죽음에는 의심의 여지가 없었다. 사람들이 시신을 들어 올리자, 이제 누더기에 지나지 않는 우아한 정장이 땅에 질질 끌렸다.

대령은 느린 걸음으로 따라갔다. 비단 실내복, 푸른색 슬리퍼, 붉은색을 띤 머리 위로 바람에 날리는 몇 올 안 되는 긴 머리카락 때문에 그는 기괴한 동시에 비장해 보였다.

시신이 곁을 지나가자 카페 아가씨가 한층 더 큰소리로 울음을 터뜨리더니 못 보고 있겠다는 듯 주방으로 달려갔다. 카페 주인이 전화 송화기에 대고 소리를 빽빽 질러 댔다.

「아니라니까, 아가씨……! 경찰 대줘요! 빨리! 살인 사건이오……. 끊지 마요……. 여보세요! ……여보세요!」

매그레는 구경꾼들이 못 들어오게 막았다. 하지만 시신을 발견하고 건져 올리는 일을 도운 선원들은 이미 카페에 들어와 있었다. 테이블마다 전날 밤 마신 빈 술병과 잔들이 굴러다녔고, 난로가 쉭쉭 소리를 내며 달아오르고 있었으며, 통로 한가운데 빗자루가 덩그러니 놓여 있었다.

반장은 한 창문 너머로 그사이 미국 선원 모자를 찾아 쓴 블라디미르의 실루엣을 알아보았다. 선원들이 그에게 말을 걸었지만 그는 대답하지 않았다.

대령은 바닥의 불그스름한 타일 위에 널브러져 있는 시신을 계속 바라보고 있었다. 충격을 받았는지, 근심에 빠졌는지, 겁에 질려 있는지 도통 알 수가 없었다.

「그를 마지막으로 본 게 언제입니까?」 매그레가 다가가며 물었다.

램슨 경이 한숨을 내쉬고는, 평소 자기 대신 대답하는 임무를 맡았던 자를 찾는 표정으로 주변을 두리번거렸다.

「정말 끔찍하군……」 그가 마침내 입을 열었다.

「그가 배에서 자지 않았습니까?」

　대령이 손짓으로 그들의 대화에 귀를 기울이고 있는 선원들을 가리켰다. 그것은 체통에 대한 일종의 환기 같은 것으로, 대충 이런 뜻이었다. 〈이 사람들 앞에서 그런 대화를 나누는 게 과연 필요하고 적절하다고 생각하십니까……?〉

　매그레는 사람들을 내보냈다.

「어제 저녁 10시경이었는데……. 배에 위스키가 떨어졌더군요. 블라디미르가 디지에 나가 봤지만 구하지 못했죠. 그래서 난 에페르네로 나갔습니다…….」

「윌리도 동행했습니까?」

「오래는 아니었어요. 다리를 건너 잠시 걷다 날 두고 가버렸으니까요…….」

「왜죠?」

「우린 얘기를 나눴습니다…….」

　죽은 자의 창백하고 일그러진 얼굴에 시선을 고정한 채 이 말을 내뱉던 대령의 표정이 흐려졌다.

　잠을 얼마 못 잔 데다 부어 있었기에 더 큰 충격을 받은 것처럼 보였을까? 어쨌거나 매그레는 맹세라도 할 수 있었을 것이다. 그의 두툼한 눈꺼풀 뒤에 눈물이 고여 있었다고.

「언쟁이 있었습니까?」

대령이 어깨를 으쓱했다. 모든 것을 체념하고 그 저속하고 거친 용어를 받아들이기 위해서인 양.

「그에게 뭔가를 힐책하셨소……?」

「노! 난 단지 알고 싶었소……. 난 이렇게 반복해 말했죠. 〈윌리, 자넨 건달이야……. 자넨 마땅히 나한테 얘길 해야…….〉」

그가 입을 다물었다. 그러고는 죽은 자의 최면에 빠져들지 않기 위해 괴로운 표정을 지으며 주변을 둘러보았다.

「당신 아내를 살해한 범인이 그라고 몰아붙이셨소……?」

대령이 어깨를 으쓱하고는 한숨을 내쉬었다.

「그는 혼자 불쑥 가버렸어요……. 가끔 그랬죠……. 그러고도 다음 날에는 지난 일은 까맣게 잊어버리고 함께 첫 위스키 잔을 비우곤 했다오…….」

「에페르네까지는 걸어가셨습니까?」

「예스!」

「술을 마셨습니까?」

반장을 쳐다보는 대령의 눈길은 처량했다.

「클럽에 가서 도박도 했소……. 라 베카스에서 사람들

이 클럽도 있다고 귀띔해 주더군요……. 돌아올 때는 차로 왔습니다.」

「그때가 몇 시였죠?」

그가 전혀 기억이 안 난다는 손짓을 했다.

「윌리는 침대에 없었습니까?」

「예……. 블라디미르가 옷을 벗겨 주며 안 돌아왔다고 하더군요…….」

사이드카가 달린 오토바이 한 대가 문 앞에 멈춰 섰다. 형사 하나가 거기서 내렸고, 의사가 그 뒤를 따랐다. 문이 열렸고, 닫혔다.

「수사국에서 나왔습니다!」 매그레가 에페르네의 동료에게 자신을 소개하며 말했다. 「사람들을 접근하지 못하게 하고, 검찰에도 전화 좀 걸어 주시오…….」

의사가 잠시 검사해 보더니 말했다.

「물에 빠지기 전에 사망했습니다. 이 자국들을 보세요…….」

매그레도 이미 그것들을 봤다. 그도 알고 있었다. 그는 무의식적으로 대령의 손을 관찰했다. 손톱을 짧게 깎은 근육질의 손에는 혈관이 툭툭 불거져 있었다.

검찰 요원들이 소집되어 현장에 내려오려면 적어도 한 시간은 걸릴 터였다. 자전거로 순찰을 도는 순경들이 먼저 도착해 카페 드 라 마린과 서든 크로스 주변에 차단 줄을 쳤다.

「배로 가서 옷을 갈아입어도 되겠소?」 대령이 물었다.

실내복 차림에 슬리퍼를 신어 발목이 훤히 드러나는데도, 구경꾼들을 헤치고 나아가는 그의 모습은 놀라울 만큼 당당했다. 선실로 막 들어선 그가 고개를 내밀더니 불렀다.

「블라디미르……!」

그러고는 요트의 모든 승강구가 닫혔다.

매그레가 막 도착한 모터선 때문에 어서 갑문에 가봐야 하는 수문지기에게 물었다.

「운하에서는 물이 흐르지 않아 시신이 던져진 장소에 그대로 머물러 있을 것 같은데…….」

「두 수문 사이의 거리가 10~15킬로미터 정도 떨어진 곳에서는 그렇겠죠. 하지만 이곳은 5킬로미터도 채 안 돼요. 그래서 저 위에 있는 제13호 수문에서 배 한 척이 내려오면, 몇 분 후에 물이 밀려오는 게 느껴지죠……. 여기서 상행선을 올려 보낼 때도 갑실로 상당한 양의 물을 끌어들이기 때문에 일시적으로 흐름이 일어납니다.」

「작업은 몇 시에 시작합니까?」

「원칙적으로는 동이 트자마자요……. 하지만 실제로는 훨씬 더 일찍 시작되죠. 말끌이 바지선들은 속도가 느리기 때문에 새벽 3시경에 출발하고, 수문 통과도 소리 소문 없이 대부분 알아서 해요. 다 아는 사람들이라 아무 말 않고 그냥 두죠…….」

「오늘 아침에는?」

「여기서 잠을 잔 프레데릭이 3시 반쯤에 출발했을 겁니다. 5시에 애 수문을 통과해야 했으니까요…….」

매그레는 발길을 돌렸다. 카페 드 라 마린 맞은편과 예인로 위에 사람들이 삼삼오오 모여 있었다. 반장이 돌다리로 가기 위해 지나가자, 코가 부스럼으로 뒤덮인 한 늙은 물길 안내인이 다가왔다.

「그 젊은이가 어디서 물에 던져졌는지 보여 드릴까요?」

그는 같은 방향으로 선뜻 발걸음을 옮기지 못하는 동료들을 의기양양한 눈으로 돌아보았다.

그의 말이 맞았다. 돌다리에서 50미터 정도 떨어진 곳에 갈대들이 몇 미터에 걸쳐 길게 누워 있었다. 지나간 흔적이 넓고 갈대들이 납작하게 꺾여 있는 것으로 보아, 그 위를 걷기만 한 것이 아니라 무거운 뭔가를 질질 끌고 간 게 분명했다.

「보셨죠……? 제가 여기서 5백 미터 떨어진, 디지의 첫 집들 중 하나에 사는데…… 오늘 아침 마른 강을 내려가는 배들이 있는지, 혹시 날 필요로 하지는 않는지 보려고 이곳을 지나치다가 저걸 보고 얼마나 섬뜩하던지……. 왜냐하면 길에서 이걸 주웠거든요…….」

매그레는 영악한 표정을 지어 가며 멀찍이 따라오는 동료들을 끊임없이 힐끗거리는 그 사내가 피곤하기만 했다.

하지만 사내가 주머니에서 꺼낸 물건은 즉각 그의 관심을 끌었다.

그것은 작은 닻과 함께 이니셜 Y. C. F.가 새겨진, 섬세하게 세공된 법랑 배지였다.

「요팅 클럽 드 프랑스!」 물길 안내인이 풀었다. 「그 사람들, 단춧구멍에 이거 다 달고 있어요…….」

매그레는 약 2킬로미터 거리에 있는 요트를 향해 돌아보았다. 서든 크로스 밑에도 똑같은 글자 Y. C. F.가 새겨져 있는 게 희미하게 보였다.

매그레는 배지를 건네준 물길 안내인에게는 더 이상 신경을 쓰지 않은 채 돌다리까지 천천히 걸었다. 오른쪽으로는 지난밤에 내린 빗물로 아직 번들거리며 곧게 뻗은 에페르네 로로 차들이 질풍처럼 지나갔다.

왼쪽으로는 길이 디지 마을로 굽어 들어갔다. 그 너머, C. G. N. 조선소의 작업장 맞은편 운하에 수리 중인 바지선 몇 척이 떠 있었다.

매그레는 발걸음을 재촉해 갔던 길을 되돌아왔다. 이제 곧 검찰이 도착할 테고, 그러면 한두 시간 동안 탐문과 오가는 사람들로 인해 통상적인 혼란이 일어나고, 황당무계한 가설들이 난무할 테니까.

요트 근처에 도달했을 때 요트 승강구들은 여전히 닫혀 있었다. 정복 경찰 하나가 멀찌감치 떨어져서 오락가락하며 구경꾼들을 쫓았지만, 에페르네에서 온 기자 둘이 사진 찍는 것을 막지는 못했다.

날씨는 좋지도 나쁘지도 않았다. 닦지 않은 유리 천장처럼 뿌옇고 단조로운 회색 구름이 하늘을 뒤덮고 있었다.

매그레는 선교를 건너가 문을 두드렸다.

「누구시오?」 대령의 목소리가 물었다.

매그레가 들어갔다. 그는 이런저런 얘기를 늘어놓고 싶지 않았다. 네그레티가 여전히 흐트러진 옷차림으로 뺨과 목덜미 위로 머리카락을 늘어뜨린 채 눈물을 닦으며 코를 훌쩍이고 있었다.

램슨 경은 긴 의자에 앉아, 적갈색 구두를 신겨 주는 블라디미르에게 발을 뻗고 있었다.

어디선가 버너 위에서 물이 끓고 있는 게 분명했다. 김이 뿜어져 나오는 소리가 들렸으니까.

대령과 글로리아가 쓴 간이침대 두 개는 아직 정돈이 안 된 상태였다. 탁자 위에 카드와 프랑스 항행로 지도 한 장이 굴러다녔다.

함께 어우러져 바, 규방, 그리고 알코브[7]를 동시에 떠올리게 하는 은근하고 자극적인 냄새가 여전히 떠다녔다. 흰색 천으로 만든 요트 조정용 챙 모자가 옷걸이에, 상아 손잡이가 달린 승마용 채찍과 나란히 걸려 있었다.

　「혹시 윌리가 프랑스 요트 클럽 회원이었습니까?」 별것 아닌 양 애써 꾸민 목소리로 매그레가 물었다.

　그런 우스꽝스러운 질문이 어디 있느냐는 듯 대령은 어깨를 으쓱해 보였다. 아닌 게 아니라 그건 우스꽝스러운 질문이었다. 왜냐하면 Y. C. F.는 가장 폐쇄적인 클럽 중 하나였으니까.

　「하지만 난 거기 소속이오! 영국 로열 요트 클럽 회원이기도 하고……」 램슨 경이 말했다.

　「어젯밤에 입었던 상의를 좀 보여 주시겠습니까?」

　「블라디미르……」

　구두를 다 신은 그가 일어나 술병 진열장으로 개조한 작은 붙박이장에 몸을 숙였다. 위스키 병은 보이지 않았다. 그가 진열된 다른 술병들을 놓고 잠시 망설였다.

　램슨 경이 마침내 코냑 병을 집고는 인사치레로 중얼거렸다.

　「한잔하겠소?」

---

　7 서양식 건축에서 벽의 한 부분을 쑥 들어가게 만들어 놓은 부분. 대개 침대나 의자를 들여놓는다.

「아뇨, 됐습니다…….」

그가 탁자 위쪽 받침대에 놓여 있는 굽 없는 은잔을 꺼내 코냑을 따르고는, 사이편을 찾으려 주변을 두리번거렸다. 생활 습관이 헝클어지는 바람에 고통받는 사람처럼 괴로운 표정을 지으며.

블라디미르가 검은색 체비엇 모직 정장을 들고 화장실에서 돌아왔다. 대령이 턱짓으로 그것을 매그레에게 건네주라고 명령했다.

「평소에 Y. C. F. 배지가 이 상의에 달려 있었습니까?」

「예스……. 아직 안 끝났습니까? ……윌리는 아직 거기 바닥에 있습니까?」

선 채로 한 모금씩 홀짝거려 잔을 비운 그가 잠시 다시 잔을 채우기를 망설였다.

그는 현창 너머로 눈길을 던졌다. 오락가락하는 다리들을 본 그가 뭐라고 웅얼거렸다.

「잠시 내 말에 귀를 기울여 주겠습니까, 대령?」

그가 귀 기울여 듣고 있다는 표시를 했다. 매그레가 주머니에서 법랑 배지를 꺼냈다.

「윌리를 살해한 자가 시신을 끌고 가 운하에 밀어 넣은 갈대밭에서 오늘 아침 이게 발견됐습니다…….」

네그레티가 터져 나오는 비명을 억누르며 두 손으로 얼굴을 감싼 채 검붉은 색 긴 의자에 몸을 던지고는, 경련을 일으키듯 오열하기 시작했다.

블라디미르는 꼼짝도 하지 않았다. 그는 상의를 제자리에 걸어 두기 위해 반장이 그것을 건네주길 기다리고 있었다.

대령이 묘하게 웃으며 네댓 번 반복했다.

「예스……! 예스……!」

동시에 자기 잔에 술을 따랐다.

「우리나라에서는 경찰이 다른 식으로 심문을 합니다……. 모든 진술이 그것을 말하는 사람에게 불리하게 작용할 수도 있다는 것을 상기시켜 줘야 하죠. 물론 딱 한 번만이지만……. 받아 적으셔야 하는 것 아닙니까? 난 했던 말을 계속 반복하지는 않을 겁니다…….

윌리와 난 대화를 나눴습니다……. 내가 물었죠……. 이젠 상관없습니다…….

윌리는 여느 건달과 같은 건달이 아니었어요. 호감이 가는 건달도 있으니까요…….

내가 듣기 싫은 소리를 했고, 그가 내 상의 이곳을 잡았습니다…….」

그가 상의 소매 뒤쪽을 가리키며 현창 밖에서 여전히 서성대는, 나막신이나 무거운 구두를 신은 발들을 향해 초조한 눈길을 날렸다.

「그게 답니다……. 나도 모르겠어요……. 아마 배지가

떨어졌겠죠……. 다리 건너편이었어요…….」

「하지만 배지는 다리 이쪽에서 발견됐습니다…….」

블라디미르는 귀조차 기울이지 않는 듯 보였다. 그는 굴러다니는 물건들을 주워 배 앞쪽으로 사라졌다가, 전혀 서두르지 않는 걸음으로 돌아왔다.

그가 러시아어 억양이 심한 프랑스어로, 그새 울음을 그치고 두 손으로 얼굴을 감싼 채 길게 몸을 뻗고 누워 꼼짝도 않고 있는 글로리아에게 물었다.

「뭐 좀 갖다 드릴까요?」

선교에서 발소리가 울려 퍼졌다. 누군가 문을 두드렸고, 에페르네에서 온 형사의 목소리가 들려왔다.

「반장님, 거기 계십니까……? 검찰이 도착했습니다.」

「곧 가겠네……!」

형사는 가지 않고 구리 손잡이가 달린 마호가니 문 뒤에서 기다렸다.

「하나만 더 물어보죠, 대령……. 장례식은 언제 거행되죠?」

「3시.」

「오늘이오?」

「예스! ……여기선 아무것도 할 게 없어서…….」

별 세 개짜리 코냑을 석 잔째 비웠을 때, 대령의 눈은 매그레가 일전에 봤을 때처럼 이미 살짝 풀려 있었다.

반장이 선실을 나서려고 하자, 침착하고 무심한, 진정 귀족다운 기품을 드러내며 그가 물었다.

「내가 체포된 상태입니까……?」

그러자 네그레티가 창백하게 질린 얼굴을 번쩍 들었다.

6
미국식 베레모

수사 판사와 대령이 가진 면담의 끝 장면은 거의 엄숙할 정도였다. 이를 느낀 것은 멀찌감치 서 있던 매그레만은 아니었다. 반장의 눈길이 검사보의 눈길과 마주쳤고, 반장은 그 눈길에서 똑같은 감정을 읽었다.

검찰은 카페 드 라 마린의 홀에 모여 있었다. 문 가운데 하나는 냄비들이 부딪치는 소리가 어렴풋이 들려오는 주방을 향해 나 있었다. 유리가 끼워진, 화덕 요리용 반죽과 미네랄 비누를 선전하는 투명 광고지들이 잔뜩 붙어 있는 또 다른 문을 통해서는 옆 가게의 자루와 상자들이 엿보였다.

창문 너머로 순경의 모자가 오락가락 지나다녔고, 좀 떨어진 곳에 구경꾼들이 말없이, 하지만 끈덕지게 모여 있었다.

한 테이블 위에, 아직 술이 약간 남아 있는 병 하나가

엎질러진 포도주 근처에 놓여 있었다.

서기가 침울한 표정으로 등받이 없는 의자에 앉아 열심히 진술을 받아 적고 있었다.

사실 확인을 끝낸 검찰은 윌리의 시신을 난로에서 가장 먼 구석 자리로 옮겨 식탁에서 걷어 낸 갈색 방수포로 임시로 덮어 두었다. 홀렁 벗겨진 식탁은 이제 아귀가 맞지 않는 앙상한 판자들을 드러내고 있었다.

냄새가 끈질기게 떠다녔다. 각종 향신료, 마구간, 타르, 싸구려 포도주.

에페르네에서 가장 악명 높은 법관 중 하나로 통하는 수사 판사(자신의 성 앞에 붙는 소사 〈드〉를 자랑스러워하는 클레르퐁텐 드 라니라는 자)가 난로를 등지고 서서 코안경을 닦았다.

그는 처음부터 영어로 이렇게 말했다.

「귀하의 언어를 사용하는 걸 선호하실 것 같소만……」

약간 부자연스럽긴 했지만, 헛되게도 외국어 억양을 흉내 내려 하는 사람들이 으레 그렇듯 입이 뒤틀렸지만, 그래도 그는 영어를 정확하게 구사했다.

램슨 경은 가볍게 고개 숙여 인사하고 기록을 하는 서기 쪽으로 돌아서서, 때때로 서기가 진술의 속도를 좇아오지 못하면 잠시 기다려 가며, 모든 질문에 천천히 대답했다.

그는 두 차례의 면담 때 매그레에게 했던 진술을 그대로 반복했다.

거의 군복처럼 재단된 감색 항해복 정장을 꺼내 입은 대령은 가슴 장식 단춧구멍에 국가 공로 훈장 하나만 달고 있었다.

그리고 손에는 프랑스 요트 클럽 문장이 새겨진 방패꼴의 큼직한 금박 기장이 있는 챙 모자를 들고 있었다.

아주 간단했다. 한 사람은 물었고, 또 한 사람은 매번 대답을 하기 전에 보일 듯 말 듯 고개를 숙여 예를 표했다.

매그레는 속으로 찬탄을 금치 못했다. 동시에 서든 크로스에 불쑥 난입했던 자신의 행동을 떠올리며 약간의 부끄러움을 느꼈다.

반장의 영어 실력은 모든 뉘앙스를 파악할 수 있는 수준은 못 되었다. 하지만 적어도 마지막으로 오간 몇몇 대화의 의미를 이해할 수는 있었다.

「램슨 경, 이번 두 사건이 해결될 때까지는 제가 내리는 처분에 따라 주셔야겠습니다. 그리고 현재로서는 램슨 부인의 매장 허가를 거부하지 않을 수 없군요……」 판사가 말했다.

대령이 고개를 살짝 숙이며 말했다.

「제 배를 끌고 디지를 떠나도 되겠습니까?」

대령은 몸짓으로 바깥에 모여 있는 구경꾼, 주변 배경,

하늘 자체를 가리켰다.

「제 집은 포르크롤 섬에 있습니다. 손 강까지 가는 데만도 일주일이 걸리죠……」

이번에는 수사 판사가 고개를 숙여 인사했다.

그들은 악수를 나누지 않았지만 그런 것이나 다름없었다. 대령이 주위를 둘러봤지만, 난감한 표정을 짓고 있는 의사나 고개를 돌리는 매그레는 눈에 들어오지 않는지 검사보에게만 정중하게 인사를 했다.

잠시 후, 대령은 카페 드 라 마린에서 서든 크로스까지 짧은 거리를 가로질렀다.

그는 선실로 들어가지도 않았다. 블라디미르는 갑판 위에 있었다. 대령이 그에게 명령을 내리고 키 앞에 자리를 잡았다.

선원들이 넋을 잃고 쳐다보는 가운데, 줄무늬 스웨터 차림의 블라디미르가 기관실로 내려가 모터를 작동시켰고, 갑판에서 정확한 동작으로 계주에 걸려 있는 닻줄을 풀었다.

몇 분 후, 검찰에서 나온 사람들이 서로 손짓을 해가며 차들이 기다리고 있는 대로로 멀어져 갔다.

매그레는 둑에 홀로 남아 있었다. 그는 마침내 파이프에 담배를 채울 수 있었고, 서민의 투박한 동작으로, 평소보다 더 투박한 동작으로 주머니에 손을 쑤셔 넣고는 이렇게 구시렁거렸다.

「제길……!」

모든 걸 다시 시작해야 하지 않는가?

검찰의 작업에서는 아직 중요성을 평가하기에는 이른 몇 가지 단서밖에 나오지 않았다.

우선, 윌리 마르코의 시신에서 교살의 흔적 외에 손목과 상체에 타박상을 입은 흔적이 발견되었다. 매복하고 있던 누군가에게 부지불식간에 당했다기보다는 놀라운 힘을 가진 상대와 몸싸움을 벌인 것으로 봐야 한다고 의사는 말했다.

다른 한편, 램슨 경은 니스에서 아내를 만났다고 진술했다. 당시 램슨 부인은 세칼디라는 성을 가진 이탈리아인과 헤어지긴 했지만 그래도 계속 그의 성을 쓰고 있었다.

대령의 진술은 명확하지 않았다. 그가 의도적으로 모호하게 밝힌 바에 따르면, 당시 마리 뒤팽, 일명 세칼디는 빈털터리에 가까운 상태였고, 완전히 화류계 여성으로 전락하진 않았지만 몇몇 남자 친구의 후한 인심에 기대어 생활하고 있었다고 가정해 볼 수 있었다.

대령은 런던 여행 때 그녀와 결혼했고, 그녀가 프랑스에서 마리 뒤팽이라는 이름의 출생증명서를 떼어 보내게 한 것도 그때였다.

「더없이 매력적인 여자였습니다……」

매그레는 전혀 가식 없이, 진지하고 솔직한 어투로 ─ 수사 판사는 그 점을 높이 평가하는 것처럼 보였다 ─ 이렇게 말하던 대령의 기름지고 당당하고 혈색 좋은 얼굴을 떠올렸다.

반장은 윌리의 시신을 실은 들것이 지나가게끔 물러서야 했다.

그러고 나서 갑자기 어깨를 으쓱하더니 카페로 들어가 의자에 털썩 주저앉고는, 외쳤다.

「맥주 한 잔……!」

그에게 맥주를 가져다준 것은 카페 주인의 딸내미였다. 아직도 눈이 붉게 충혈되어 있었고, 코가 번들거렸다. 그는 호기심 어린 눈길로 그녀를 쳐다보았다. 그가 묻기도 전에, 듣는 사람이 없는지 주변을 살핀 다음 그녀가 소곤거렸다.

「그 사람, 많이 고통스럽게 죽었나요?」

그녀는 세련되지 못한 얼굴, 굵은 발목, 굵고 붉은 팔을 갖고 있었다. 하지만 우아한 윌리를 걱정한 사람은 오로지 이 여자뿐이었다. 아마 윌리가 전날 밤 허리를 얼싸안기라도 한 모양이었다. 장난삼아!

이 소곤거림 덕에 침구를 개지 않은 침대에 반쯤 드러누워 줄담배를 피우던 그 청년과 나눈 대화가 매그레의 뇌리에 떠올랐다.

사람들이 그녀를 불러 댔다. 한 선원이 그녀에게 외쳤다.

「너 오늘 완전히 넋이 나간 것 같아, 엠마······.」

그녀가 매그레에게 공모의 눈길을 보내며 미소를 지어 보이려고 애썼다.

운항은 아침부터 중단되었다. 카페 드 라 마린 앞에는 모터선 세 척을 포함해 배 일곱 척이 정박해 있었다. 아낙들이 장을 보러 왔고, 그때마다 가게에 가냘픈 종소리가 울려 퍼졌다.

「점심 식사는 언제쯤······.」 카페 주인이 매그레에게 말했다.

「조금 있다가!」

매그레는 문턱에 서서 아침까지만 해도 서든 크로스가 정박해 있던 곳을 바라보았다.

그날 저녁, 건장한 두 남자가 거기서 나와 돌다리 쪽으로 걸어갔다. 대령의 진술을 믿자면, 그들은 말다툼을 한 후에 헤어졌다. 그리고 램슨 경은 에페르네의 첫 집들을 향해 곧게 뻗어 있는, 3킬로미터 거리의 한적한 도로를 걸어갔다.

살아 있는 윌리를 다시 본 사람은 아무도 없었다. 대령이 택시를 타고 돌아왔을 때, 평소와 다른 점은 전혀 눈에 떠지 않았다.

목격자는 없었다! 뭔가를 들은 사람도! 돌다리에서 6백 미터 떨어진 곳에 거주하는 디지의 정육점 주인은 개가 잠시 짖었다고 주장했지만, 크게 신경을 쓰지 않았기 때문에 몇 시쯤이었는지는 기억이 나지 않는다고 했다.

곳곳에 물웅덩이가 파이고 사방이 질척거리는 예인로는 사람과 말들이 이미 여러 차례 밟고 다닌 터라 이렇다 할 흔적을 찾아낼 수가 없었다.

그 전주 목요일, 역시 생생하게 살아 있던 마리 램슨이 외견상 평소 모습 그대로, 홀로 남아 지키고 있던 서든 크로스를 떠났다.

윌리에 따르면, 그녀는 그 전에 자기가 가진 유일한 고가 보석인 진주 목걸이를 그에게 건네주었다.

그리고 그들은 그녀의 종적을 놓쳤다. 그들은 살아 있는 그녀를 어디에서도 다시 보지 못했다. 그 상태로 이틀이 흘러갔다.

일요일 저녁, 그녀는 출발점에서 1백 킬로미터 떨어진 디지의 한 마구간에서 목 졸려 살해된 후 짚단 아래 파묻혔고, 두 마부가 그녀의 시신 곁에서 코를 골며 잠을 잤다.

그게 다였다! 수사 판사의 명령에 따라, 그 두 구의 시신은 법의학 연구소의 냉동고에 안치될 것이다!

서든 크로스는 남프랑스를 향해, 포르크롤 섬을 향해,

시도 때도 없이 통음 난무가 벌어졌던 르 프티 랑구스티 에를 향해 출발했다.

매그레는 고개를 숙인 채 카페 드 라 마린 건물을 우회했다. 그는 부리를 쫙 벌린 채 분노에 찬 꽥꽥거림을 내뱉으며 달려드는 사나운 거위를 쫓았다.

마구간 문에는 자물쇠는 없고 나무 걸쇠 하나만 덩그러니 달려 있었다. 배가 볼록 나온 사냥개 한 마리가 마당을 배회하다 방문객이 나타나기만 하면 부리나케 달려와 꼬리를 치며 주위를 맴돌았다.

열린 문으로 들어서던 반장은 여느 날처럼 묶어 놓지 않은, 그래서 그 기회를 이용해 거닐고자 바깥으로 나서는 주인의 회색 말과 정면으로 마주쳤다.

무릎에 상처를 입은 암말은 슬픈 눈으로 자기 칸에 여전히 누워 있었다.

매그레는 마치 첫 현장 검사에서 놓친 뭔가를 발견하길 바라는 것처럼 발로 짚을 파헤쳤다.

그는 기분이 언짢은 듯 두세 차례 이렇게 반복했다.

「제길……!」

그는 모뿐만 아니라 파리에도 가보기로, 서든 크로스가 거쳐 온 길을 한 단계씩 되짚어 보기로 거의 결심한 상태였다.

낡은 끈, 마구 조각, 양초 동강이, 부러진 파이프……

짚 속에는 많은 것이 굴러 다녔다.

멀리 건초 더미에서 삐죽 나온, 무언가 하얀 것이 눈에 띄었다. 매그레는 별 확신 없이 다가갔다. 잠시 후, 그는 블라디미르가 쓰는 것과 유사한 미국 선원의 모자를 손에 쥐고 있었다.

천은 진흙과 퇴비로 더럽혀져 있었고, 사방으로 잡아당기기라도 한 것처럼 모양이 변형되어 있었다.

매그레가 그 주변에서 다른 단서를 찾아봤지만 아무것도 나오지 않았다. 시신이 발견된 장소가 덜 음산해 보이게끔 이미 신선한 짚이 뿌려져 있었다.

〈내가 체포된 상태입니까?〉

마구간 문으로 걸어가던 매그레는 대령이 한 이 말이 왜 자꾸 떠오르는지 이해할 수가 없었다. 동시에 그는 귀족적이면서도 타락한 램슨 경을, 늘 축축하게 젖어 있는 그의 큰 눈, 잠복해 있는 취기, 놀라운 침착성을 떠올렸다.

그는 몇몇 억양과 태도가 마술처럼 잠시 살롱으로 변모시켜 놓은, 갈색 방수포가 씌워진 테이블들이 널려 있는 카페의 홀에서 램슨 경이 잔뜩 겉멋이 든 법관과 나눈 짧은 대화를 떠올렸다.

그러고는 복잡한 심경이 묻어나는 눈길로 모자를 만지작거렸다.

「신중하게 수사하세요!」 수사 판사 클레르퐁텐 드 라

니는 그의 손을 잡으며 이렇게 말했다.

잔뜩 화가 난 거위가 말을 졸졸 따라다니며 욕설을 퍼부어 댔고, 말은 굵은 목을 늘어뜨린 채 마당에 널려 있는 쓰레기의 냄새를 맡으며 돌아다녔다.

문 양쪽에 경계석이 있었고, 반장은 양손에 베레모와 파이프를 든 채 그중 하나에 앉았다.

그 앞에는 거대한 퇴비 더미밖에 없었다. 그리고 곳곳에 구멍이 뚫린 울타리, 아직 아무것도 자라지 않는 밭, 가운데가 시커먼 구름 하나가 온 무게로 짓누르는 것처럼 보이는, 검고 흰 띠 모양의 지층을 드러낸 구릉.

먹구름 한쪽 가에서 태양 광선이 비스듬히 뻗어 나와 퇴비 위에 반짝이는 섬광들을 뿌렸다.

〈더없이 매력적인 여자였습니다……〉 대령은 마리 램슨에 대해 이렇게 말했다.

〈그야말로 신사죠!〉 윌리는 대령에 대해 이렇게 말했다.

아무 말도 하지 않은 사람은 블라디미르뿐이었다. 그는 이쪽저쪽 오가고, 식량과 연료를 사고, 식수 탱크를 채우고, 보트에 찬 물을 퍼내고, 대령이 옷 입는 걸 돕는 것으로 만족했다.

플랑드르 사람들이 큰 소리로 떠들며 길을 지나갔다. 매그레가 갑자기 몸을 숙였다. 마당에는 돌들이 들쑥날쑥 깔려 있었다. 그런데 2미터 떨어진 곳에서, 돌 틈에 끼여 있던 뭔가가 막 햇빛을 받아 번쩍거렸던 것이다.

그것은 백금으로 된 줄 두 개가 그어진, 금으로 된 소매 단추였다. 매그레는 그 전날 윌리가 침대에 드러누워 천장을 향해 연방 담배 연기를 뿜어 대며 태평스럽게 얘기를 늘어놓았을 때, 그의 손목에서 그와 유사한 단추를 본 기억이 났다.

그때부터 그는 말, 거위, 주변에 있는 그 무엇에도 더는 신경을 쓰지 않았다. 잠시 후 그는 이미 전화기 손잡이를 돌리고 있었다.

「에페르네…… 시체 안치소요, 예! ……경찰이오!」

카페를 나서던 플랑드르 사람 하나가 멈춰 서서 놀란 눈으로 그를 쳐다보았다. 그만큼 반장은 흥분해 있었다.

「여보세요! 수사국에서 나온 매그레 반장이오……. 얼마 전 그곳에 시체 한 구를 안치했는데…… 아뇨, 아뇨! 교통사고 말고, 디지에서 익사한 사람 말이오. ……예, 맞아요. 당장 소지품 보관소로 가서 그의 옷가지 중에 소매 단추를 찾아서 어떻게 생겼는지 말해 주시오. ……기다리겠소, 물론!」

3분 후, 베레모와 단추를 손에 든 채 귀를 기울이던 매그레는 수화기를 내려놓았다.

「점심 식사가 준비되었는데요…….」

자기 딴에는 가능한 한 공손하게 식사 준비를 알리는

빨간 머리 아가씨에게 그는 대답하는 수고조차 하지 않았다. 그는 마침내 단서를 손에 쥐었다고 느끼며, 또 이를 놓칠까 불안해하며 카페를 나섰다.

「마구간에서 발견한 베레모…… . 마당에서 주운 소매 단추…… . 그리고 돌다리 근처에서 발견된 Y. C. F. 배지…… .」

그는 돌다리 방향으로 아주 빠르게 걷기 시작했다. 이런저런 추론들이 그의 머릿속에서 윤곽이 잡혔다가 흩어지기를 반복했다.

그가 어안이 벙벙한 표정으로 앞을 바라본 것은 1킬로미터도 채 안 걸었을 때였다. 한 시간 전에 서두르는 기색으로 출발했던 서든 크로스가 다리 오른편, 갈대숲 속에 정박해 있었던 것이다. 배 바깥에는 아무도 보이지 않았다.

하지만 반장이 1백여 미터 거리까지 다가갔을 때, 건너편 하안을 따라 에페르네에서 도착한 차 한 대가 요트 근처에 멈춰 섰고, 여전히 승조원 복장을 한 채 운전사 옆에 앉아 있던 블라디미르가 차에서 내려 배로 달려갔다.

그가 도착하기도 전에 승강구가 열렸고, 대령이 먼저 갑판 위로 모습을 드러낸 다음, 안에 있는 누군가에게 손을 내밀었다.

매그레는 숨지 않았다. 대령이 그를 봤는지는 그도 알

수 없었다.

그 장면은 빨리 지나갔다. 반장은 그들 사이에 오가는 말을 듣지 못했다. 하지만 인물들의 움직임으로 보아 무슨 일이 벌어지고 있는지 대충 감을 잡을 수는 있었다.

램슨 경이 선실에서 나오도록 도와주고 있는 것은 네그레티였다. 매그레는 도시 사람처럼 제대로 차려입은 그녀를 처음 보았다. 화가 나 있음을 멀리서 봐도 알 수 있었다.

블라디미르가 네그레티가 꾸린 가방 두 개를 집어 차로 들고 갔다.

선교 건너는 걸 도와주려 대령이 손을 내밀었지만, 그녀는 거절했다. 그러고는 너무 갑자기 달려 나가는 바람에 하마터면 떨어져 갈대숲에 머리를 처박을 뻔했다.

그녀는 그를 기다리지 않고 걸었다. 그가 무표정한 얼굴로 몇 발자국 거리를 두고 그 뒤를 따랐다. 그녀는 분에 겨운 듯 자동차 안으로 뛰어들었고, 잠시 차 문으로 화가 난 얼굴을 내밀고는 욕설이나 위협이 분명한 무슨 말을 외쳤다.

그럼에도 램슨 경은 차가 출발하는 순간 정중하게 고개 숙여 인사했고, 차가 멀어지는 것을 한동안 바라보고 있다가 블라디미르와 함께 배로 돌아갔다.

매그레는 꼼짝도 하지 않았다. 그는 영국인이 변했다

는 것을 확실하게 느꼈다.

그는 웃지 않았다. 그는 평소처럼 침착했다. 하지만 예를 들어, 조종실로 들어가는 순간, 그는 무어라고 말을 하면서 다정한, 나아가 애정 어린 몸짓으로 블라디미르의 어깨를 툭 건드렸다.

배를 다루는 그들의 솜씨는 참으로 훌륭했다. 이제 선상에는 그들 둘밖에 없었다. 러시아인이 선교를 거둬들이고는 단 한 번의 손짓으로 닻줄의 매듭을 벗겨 버렸다.

서든 크로스의 앞부분은 갈대숲에 걸쳐 있었다. 바지선 한 척이 뒤쪽에서 다가오며 경적을 울렸다.

램슨이 돌아보았다. 그는 거의 필연적으로 매그레를 봤을 것이다. 하지만 아무 내색을 하지 않았다. 그는 한 손으로 클러치를 넣고, 다른 한 손으로 능숙하게 구리 타륜을 두 바퀴 돌렸다. 요트가 갈대숲에서 빠져나올 정도만 뒤로 미끄러지더니, 바지선 앞부분과 부딪히지 않게 제때 멈춰 선 다음, 부글거리는 포말을 뒤에 남긴 채 빠른 속도로 출발했다.

1백 미터도 채 가지 않았을 때 대령은 세 번 사이렌을 울렸다. 애 수문에 요트가 도착한다는 사실을 알리기 위해서였다.

「시간 낭비하지 말고 어서 출발해요……. 도로를 따라

쭉 갑시다. 가능하면 저 차 좀 따라잡아 주시고⋯⋯.」

매그레는 에페르네 방향으로 가는 빵 배달 트럭을 세워 얻어 탔다. 1킬로미터 정도 떨어진 곳에 네그레티가 탄 자동차가 보였다. 하지만 포장도로가 미끄러워 속력을 내지 못하고 있었다.

반장이 신분을 밝히자마자, 배달꾼이 호기심과 웃음기가 밴 눈길로 그를 쳐다보며 말했다.

「두고 보세요, 5분도 채 안 걸려 저들을 따라잡을 테니까⋯⋯.」

「그렇다고 너무 서둘지는 마시오⋯⋯.」

배달꾼이 미국 경찰 영화에서 본 추격자들의 자세를 취하는 것을 보고, 이번에는 매그레가 빙긋이 웃었다.

위험한 조작을 감행해야 한다든가 어려움을 극복해야 할 일은 전혀 없었다. 도시로 들어선 자동차가 잠시 멈춰 섰다. 아마 젊은 부인과 운전사가 뭔가 얘기를 나누는 모양이었다. 차가 다시 출발했고, 3분 후 제법 고급스러운 호텔 앞에 정지했다.

제복 차림의 호텔 종업원이 쪼르르 달려 나와 가방 두 개를 옮겼다. 글로리아 네그레티는 급히 인도를 가로질러 호텔로 들어갔다.

10분 후, 반장이 지배인에게 자기소개를 했다.

「방금 도착한 부인은⋯⋯?」

「9호실에요……. 뭔가 있을 줄 알았어요……. 그렇게 흥분한 사람은 처음 봤거든요. 외국어를 섞어 가면서 말을 얼마나 빨리하는지……. 그녀가 방해받길 원치 않는다는 거, 그리고 담배와 퀴멜 주를 방으로 갖다 줘야 한다는 것만 겨우 알아들었어요. 설마 소동이 일어나는 건 아니겠죠?」

「천만에요.」 매그레가 대답했다. 「다만 그녀에게 물어볼 게 있어서…….」

매그레는 9번이라고 표시된 문으로 다가가며 실소를 금할 수 없었다. 방 안에서 난리 법석이 벌어지고 있었으니까. 젊은 부인의 하이힐이 무질서한 박자로 마룻바닥을 마구 쳐대고 있었다.

그녀는 사방으로 오락가락하고 있었다. 창문을 닫고, 가방을 밀치고, 욕조에 물을 받고, 침대에 쓰러졌다가는 벌떡 일어나 신발 한 짝을 방 반대편 구석으로 날려 보내는 소리가 들려왔다.

매그레가 노크를 했다.

「들어와요……!」

떨리는 목소리에는 울분과 초조감이 배어 있었다. 그 방에 들어간 지 채 10분도 안 지났건만, 네그레티는 편한 옷으로 갈아입고 머리를 마구 풀어헤치는 등, 간단히 말해 서든 크로스 선상에서의 흐트러진 모습을 다시 취하고 있었다.

　반장을 알아보는 순간, 그녀의 갈색 눈동자에 분노의
섬광이 번뜩였다.

　「나한테 뭘 원하세요? 여긴 뭐하러 오셨죠? 여긴 내 방
이라고요! 난 돈을 내고 이 방을 얻었고…….」

　그녀는 외국어(필시 스페인어)로 계속 말을 해대면서
작은 화장수 병을 열어 그 대부분을 손에 붓고는 뜨겁게
달아오른 이마를 적셨다.

　「뭐 하나 물어봐도 될까요……?」

　「아무도 만나고 싶지 않다고 말씀드렸잖아요……. 나
가세요! 알아들으셨어요?」

　그녀는 비단 스타킹을 신은 채 이리저리 걸어 다녔는
데, 고정 밴드를 착용하지 않았는지 스타킹이 흘러내리
기 시작해 벌써 포동포동하고 새하얀 무릎이 드러나고
있었다.

　「질문은 대답을 해줄 수 있을 사람한테나 가서 하세
요……. 그런데 감히 그렇게 못 하시죠, 엥! 왜냐하면 그는
대령이니까……. 왜냐하면 그는 램슨 〈경〉이니까……. 그
잘난 〈경〉……. 하! 하! 내가 아는 걸 반만 털어놔도…….
이것 좀 보세요!」

　그녀가 흥분에 들뜬 손으로 핸드백을 뒤지더니 구겨진
1천 프랑짜리 지폐 다섯 장을 꺼냈다.

「그가 내 손에 쥐여 준 게 고작 이거예요! ……2년이나, 2년이나 그와 함께 지냈는데…….」

그녀가 양탄자 위에 지폐를 던져 버렸다. 그러더니 이내 마음을 바꿔 먹고는, 주워서 핸드백에 도로 집어넣었다.

「물론 수표를 보내 주겠다고 약속은 했어요. 하지만 그 사람이 하는 약속, 그걸 믿느니 차라리……. 수표? ……아마 포르크롤 섬까지 갈 경비도 없을 거예요. 그런데도 매일 위스키에 취해 지내겠지만…….」

그녀는 울지 않았다. 하지만 목소리에는 이미 눈물이 배어 있었다. 매그레가 볼 때마다 편안함과 나태함, 따뜻한 온실의 분위기 속에 푹 절어 있었던 그 여자의 흥분은 아주 특별한 것이었다.

「그 블라디미르란 놈도 똑같아요……. 내 손에 입을 맞추려 들면서 감히 이렇게 말하더군요.

〈그럼 부디 안녕히, 부인…….〉

하! 하! ……그 인간들이 그렇게 뻔뻔스럽다니까요. 대령이 없을 때면 블라디미르가…….

그건 당신하곤 상관없는 일이에요! ……근데 왜 여기 계속 계시죠? 도대체 뭘 기대하시는 거죠? 내가 당신에게 뭔가를 말해 줄 거라고?

천만에, 아무것도……!

솔직히 털어놓으세요, 입을 다무는 것도 제 권리라

고…….」

그녀는 방 안을 계속 오락가락하며 가방에서 물건들을 집어 어딘가에 놓았다가는 다시 집어 다른 곳으로 옮겨 놓았다.

「날 에페르네에 내팽개치다니……! 허구한 날 비만 내리는 이 더러운 시골구석에……. 친구들이 있는 니스까지만이라도 데려다 달라고 그렇게 사정했는데……. 그 친구들 곁을 떠난 것도 자기 때문이었는데…….

하긴, 날 죽이지 않은 걸 다행으로 여겨야 하겠지만…….

난 아무 말도 하지 않을 거예요, 알아들으셨어요? 제발 가주세요……. 경찰이라면 진절머리가 나요! 영국인들도 그렇고! ……할 수 있다면 어서 가서 그 사람이나 체포하세요.

감히 그렇게 못 하시죠! 세상이 어떻게 돌아가는지는 나도 훤해요…….

불쌍한 마리! ……남자라면 누구나 곁에 두고 싶어 할 여자였죠. 물론 성격은 안 좋았지만, 나로서는 털끝만큼도 정을 느낄 수 없었던 그놈의 윌리를 위해서라면 아마 뭐든지 했을 거예요…….

그런데 그렇게 죽다니…….

그 사람들, 떠났나요? ……그럼 이제 누굴 체포하실 거죠? 아마도 나? ……아닌가요?

내 말 잘 들으세요⋯⋯. 내가 한 가지 말씀드리죠, 그래요! 딱 하나만! 그거 들어 보고 반장님 좋을 대로 하세요⋯⋯. 오늘 아침 수사 판사에게 출두하기 위해 옷을 입으면서 ― 월터, 그 사람 원래 사람들에게 강한 인상을 심으려고 자기 배지와 훈장들을 꺼내 달아요! ― 월터가 블라디미르에게 러시아어로 말했어요. 내가 러시아어를 못 알아듣는 줄 알고 있거든요⋯⋯.」

말을 너무 빨리하는 바람에 숨이 턱까지 차오른 그녀가 결국 자기가 한 말 속에서 길을 잃고 또다시 스페인어 단어들을 섞어 넣었다.

「그래요, 라 프로비당스가 어디쯤 있는지 알아보라고 했어요⋯⋯. 이해하시겠어요? 모에 정박했을 때 우리 옆에 있었던 배 말이에요⋯⋯.

그들은 그 배를 따라잡고 싶어 해요. 그리고 내가 어떻게 할까 봐 두려워해요.

난 그냥 못 알아듣는 척하고 있었어요⋯⋯.

하지만 난 너무나 잘 알아요, 당신이 감히 그를 체포하지 못하리라는 걸⋯⋯.」

그녀가 쓰러져 있는 가방들을, 자신이 단 몇 분 만에 난장판으로 만들어 놓고 맵싸한 향수로 적셔 놓은 방을 쳐다보았다.

「담배 정도는 갖고 계시죠? 뭐 이런 호텔이 다 있어?

담배와 퀴멜 주를 시킨 게 언젠데……」

「모에 정박했을 때 대령이 라 프로비당스의 누군가와 대화 나누는 걸 본 적이 있소?」

「난 아무것도 못 봤어요……. 그런 것에는 관심을 안 가졌으니까요. 오늘 아침 그 얘길 들은 것뿐이에요. …… 그런데 뭔가가 없다면, 그들이 왜 한낱 바지선에 신경을 쓰겠어요? ……월터의 첫째 아내가 인도에서 어떻게 죽었는지 알기나 하세요? 둘째 아내가 그와 헤어진 것도 나름대로 이유가 있겠죠…….」

호텔 보이가 노크를 하고는 담배와 술을 들고 들어왔다. 네그레티가 담뱃갑을 집어 복도 바닥에 내동댕이치며 소리쳤다.

「〈압둘라〉라고 했잖아!」

「하지만 부인…….」

그녀가 신경 발작을 예상케 하는 동작으로 두 손을 모으며 헐떡거렸다.

「오! 도대체 이 사람들이! 이, 이…….」

그녀가 사태를 흥미롭게 관찰하고 있는 매그레 쪽으로 홱 돌아서며 말했다.

「뭘 더 기대하시는 거예요? 난 더는 아무 말도 안 할 거예요! 난 아무것도 몰라요! 난 아무 말도 안 했어요……. 알아들으시겠어요? 이 일로 시달리고 싶지 않다고요! 그 인간 때문에 내 인생의 2년을 잃어버린 것도 분해 죽겠는데…….」

보이가 물러가면서 반장에게 눈짓을 보냈다. 네그레티가 울분을 주체하지 못해 침대에 쓰러지는 것을 보고, 매그레도 방을 나섰다.

거리로 나오자, 빵 배달꾼이 계속 기다리고 있었다.

「엥? 그 여자 체포하지 않으셨어요?」 의아하다는 듯 그가 물었다. 「전 그 여자 손에 수갑을 채워 나오실 거라고…….」

매그레는 택시를 잡아타고 돌다리로 돌아가기 위해 역까지 걸어야만 했다.

7
망가진 페달

물결을 일으켜 지나간 후에도 오랫동안 갈대들을 일렁이게 하는 서든 크로스를 반장이 지나쳤을 때, 대령은 여전히 키를 잡고 있었고, 블라디미르는 배 앞쪽에서 밧줄을 감고 있었다.

매그레는 에니 수문에서 요트를 기다렸다. 배는 단 한 번의 실수도 없이 조종되었고, 배가 정박하자 러시아인이 내려 수문지기에게 각종 서류와 팁을 건넸다.

「이 모자, 당신 거요?」 반장이 그에게 다가가며 물었다.

블라디미르가 더러운 헝겊에 불과한 모자와 이를 건네는 반장을 유심히 살폈다.

「고맙습니다!」 그가 베레모를 받아 들며 마침내 말했다.

「잠깐! 그 모자, 언제 분실했는지 말해 주겠소?」

대령이 조금도 동요하지 않은 채 눈으로 그 장면을 좇았다.

「어제저녁, 선미재 위에서 허리를 숙이고 장대로 스크루를 휘감고 있는 수초를 걷어 내다가 물에 떨어뜨렸어요……. 우리 뒤쪽에 바지선이 한 척 있었고…… 아낙이 나룻배에서 빨래를 헹구고 있었어요. 그 여자가 모자를 건져 줬고, 전 건네받아서 잘 마르라고 갑판 위에 그냥 뒀습니다.」

「그러니까 모자가 지난밤에는 갑판 위에 있었다는 게요?」

「예……. 오늘 아침까지 없어진 걸 알아차리지 못했습니다.」

「어제부터 더러웠소?」

「아뇨! 물에서 건져 준 아낙이 빨래를 하는 김에 같이 빨아 줬거든요…….」

요트가 요동치며 급격하게 부상했고, 수문지기는 이미 상류 쪽 갑문의 개폐 핸들을 두 손으로 쥐고 있었다.

「내 기억에는 당신 배 뒤에 있던 게 〈페닉스〉였던 것 같은데, 안 그렇소?」

「그랬던 것 같긴 한데……. 오늘은 못 봤습니다…….」

매그레는 애매하게 인사 비슷한 걸 하고는 자신의 자전거로 돌아갔다. 그사이, 대령은 태연한 얼굴로 모터에 클러치를 넣고 수문지기 앞을 지나치며 고개를 까딱여 인사를 했다.

서든 크로스 선상에서 일어나는 일들의 놀랍도록 단순

한 방식에 한 방 먹은 반장은 멍한 눈길로 요트가 멀어지는 것을 한동안 바라보고 있었다.

요트는 그에게는 신경을 쓰지 않은 채 자기 길을 나아갔다. 기껏해야 대령이 자기 자리에서 러시아인에게 질문 하나를 던졌고, 러시아인은 단 한 문장으로 대답했을 뿐이었다.

「페닉스가 멀리 있소?」 매그레가 수문지기에게 물었다. 「아마 여기서 5킬로미터 떨어진 쥐비니 수로 어딘가에 있을 겁니다…… 저 요트처럼 빨리 가지는 못하거든요…….」

매그레는 서든 크로스보다 약간 앞서 페닉스를 따라잡았다. 블라디미르는 분명 멀리서 그가 바지선의 아낙에게 질문하는 것을 보았을 터였다.

블라디미르가 진술한 그대로였다. 그 전날 그녀가 빨래를 헹구다가 — 그 빨래는 바람에 한껏 부푼 채 바지선 위에 쳐놓은 철사에 널려 있었다 — 베레모를 건져 주었고, 승조원은 잠시 후 그녀의 꼬맹이 손에 2프랑을 쥐여 주었다.

오후 4시였다. 반장은 다시 자전거에 올라탔다. 혼란스러운 가설들로 머리가 무거웠다. 예인로에 자갈이 깔려 있어서 타이어가 구르자 짓눌리는 소리가 났고, 작은 조약돌들이 바퀴 양쪽으로 튀었다.

매그레는 영국인보다 한참 앞서서 9번 수문에 도착했다.

「지금 라 프로비당스가 어디쯤 있는지 말해 줄 수 있소?」

「비트리르프랑수아에서 그리 멀지 않은 곳에 있을 겁니다……. 그 사람들 속도가 만만치 않죠. 억센 짐승들에다가, 무엇보다 고생 따윈 아랑곳 않는 마부를 데리고 있거든요…….」

「서두르는 기색이던가요?」

「평소나 다름없었어요……. 운하에서는 늘 마음이 바쁘거든요. 무슨 일이 생길지 모르니까요. 10분이면 지날 수 있는 수문에서 몇 시간을 지체할 수도 있거든요……. 빨리 가면 갈수록 시간을 더 많이 버는 거죠.」

「혹시 지난밤에 이상한 소리 못 들었소?」

「아뇨! 왜요? 무슨 일이 있나요?」

매그레는 아무 대답 없이 다시 길을 나섰고, 수문마다, 배마다 멈춰 서기를 반복했다.

그는 별 어려움 없이 글로리아 네그레티의 속내를 꿰뚫어 볼 수 있었다. 그녀는 대령에게 불리한 말을 하지 않으려고 애쓰면서도 실제로는 자신이 아는 모든 것을 털어놓았다.

도무지 자제라고는 모르는 여자였다! 거짓말 역시 절대 못하는! 그렇지 않았다면, 한없이 더 복잡한 것들을 지어냈을 터였다.

따라서 그녀는 분명 램슨 경이 블라디미르에게 라 프로비당스의 위치를 알아보라고 말하는 것을 들었다.

그런데 반장 역시 일요일 저녁 마리 램슨이 살해당하기 직전에 모에서 도착한 그 바지선, 나무로 지어져 송진이 발린 그 배에 자꾸 신경이 쓰였다.

대령은 왜 그 배를 따라잡으려는 걸까? 서든 크로스, 그리고 말 두 필의 느린 걸음에 끌려가는 그 무거운 배 사이에는 어떤 관계가 있을까?

운하의 단조로운 풍경 속을 달리며, 점점 더 힘들여 페달을 밟으며 매그레는 이런저런 추론에 빠져들었다. 하지만 이 추론들을 따라가다 보면 여지없이 단편적이거나 받아들일 수 없는 결론에 도달하고 말았다.

세 가지 단서, 네그레티의 울분에 찬 고발도 이에 대해서는 아무것도 밝혀 주지 못하지 않는가?

매그레는 윌리 마르코가 죽었다는 것 말고는 밝혀진 게 전혀 없는 지난밤 인물들의 행적을 수차례에 걸쳐 재구성해 보려고 애썼다.

매번 그는 뭔가가 빠진 것 같은 느낌을 받았다. 대령도, 죽은 자도, 블라디미르도 아닌 인물 하나를 빼먹은 것 같은……

그런데 지금 서든 크로스는 라 프로비당스에 타고 있

는 누군가를 찾으러 가고 있었다.

분명 이번 사건에 개입된 누군가를! 그 누군가가 첫 번째 비극과 마찬가지로 두 번째 비극, 다시 말해 윌리의 살해에도 가담했다고 가정해 볼 수 있지 않을까?

밤에, 예를 들어 자전거를 타고 예인로를 따라 달리면 웬만한 거리는 어렵지 않게 오갈 수 있었다.

「지난밤에 아무 소리도 못 들었소? ……라 프로비당스가 지나갈 때 선상에서 뭐 이상한 걸 봤다든지.」

실망스럽고 궂은 작업이었다. 특히 나지막한 구름에서 부슬부슬 는개가 떨어질 때는.

「아뇨, 아무것도……」

매그레, 그리고 수문을 지날 때마다 최소한 20분을 지체하는 서든 크로스 사이의 거리는 점점 더 벌어졌다. 수로의 고독 속에서 추론의 실마리 중 하나를 집요하게 거머쥔 채 다시 자전거에 오르는 반장의 움직임 역시, 점점 더 무거워졌다.

사리의 수문지기가 그의 질문에 이렇게 대답한 것은 반장이 이미 거의 40킬로미터를 달려왔을 때였다.

「우리 집 개가 짖었어요……. 저야 길에서 뭐가 지나갔나 보다 했죠. 아마도 토끼? ……그러고는 이내 다시 잠들었어요.」

「라 프로비당스가 어디서 묵어갔는지 아시오?」

수문지기가 속으로 계산을 했다.

「잠깐만요! 아무래도 포니까지는 못 갔을 겁니다······. 배 주인은 오늘 저녁 비트리르프랑수아까지는 가고 싶어 했는데······」

또다시 수문 두 개! 허탕! 상류로 올라갈수록 배들이 점점 더 많이 밀렸기 때문에 매그레는 갑문 위로 수문지기들을 따라나서야만 했다. 베시널에서는 배 세 척이 차례를 기다리고 있었다. 포니에서는 다섯 척이었다.

「이상한 소리요? 아뇨!」 포니의 수문지기가 투덜댔다. 「하지만 어느 놈이 배짱 좋게 내 자전거를 훔쳐 탔는지는 알고 싶네요······」

마침내 뭔가를 찾아냈다는 것을 직감한 반장은 이마의 땀을 훔쳤다. 그의 숨결은 가쁘고 뜨거웠다. 맥주 한 잔 마시지 않은 채 50킬로미터를 내리 달려온 후였으니까.

「당신 자전거는 어디 있소?」

「나 대신 수문 좀 열어 줄래, 프랑수아?」 수문지기가 한 마부에게 외쳤다.

수문지기가 매그레를 자기 집으로 데려갔다. 선원들이 평지에서 바로 통하는 주방에서, 아기를 품에 안은 한 아낙이 가져다주는 백포도주를 들이켜고 있었다.

「설마 신고하지는 않으실 거죠? 술을 파는 게 금지되어 있긴 하지만······. 누구나 다 팔거든요. 돈벌이보다는 목이나 축이게 해주자는 의미로, 헤헤…… . 보세요!」

그가 담벼락에 기대 판자로 지어 놓은 작은 오두막을 가리켰다. 문은 없었다.

「저게 그 자전거예요…… . 제 마누라 거죠. 식료품을 사려면 여기서 4킬로미터나 떨어진 곳까지 가야 하거든요. 밤에는 들여놓으라고 늘 잔소리를 해대는데도, 마누라는 집이 더러워져서 안 된답니다…… . 근데 저거 훔쳐 탄 작자, 정말 괴짜예요…… . 제가 전혀 알아차리지 못했을 수도 있었다니까요.

그런데 마침 그저께 랭스에서 기계공으로 일하는 제 조카가 놀러 왔었거든요. 자전거 체인이 망가져서 그 아이가 수리를 했고, 이왕 손댄 김에 깨끗하게 닦고 기름칠까지 해놓았죠…… .

어제는 아무도 안 탔고…… . 뒷바퀴 타이어도 새것으로 갈아 끼워 놓은 상태였어요.

근데 오늘 아침에 보니까, 밤새 비가 내렸는데 자전거가 깨끗하더라고요. 보셨다시피 길이 온통 진창인데…… .

다만, 왼쪽 페달이 망가져 있고, 타이어는 밤새 적어도 1백 킬로미터는 족히 달린 것처럼 너덜너덜하게 닳아 있지 뭡니까…… .

어떻게 된 일인지 이해가 되십니까? ……누가 자전거를 타고 달린 것은 확실해요! 그리고 도로 갖다 놓기 전에 깨끗하게 청소하는 수고까지 했죠……」

「지난밤에 어떤 배들이 이 근처에서 묵었죠?」

「잠깐만요! 어디 보자, 〈마들렌〉은 배 주인 처남이 자그마한 술집을 운영하는 라 쇼세로 갔을 테고……. 〈미제리코르드〉는 우리 수문 아래쪽에서 잤을 테고……」

「그 배, 디지에서 왔나요?」

「아뇨! 그 배는 손 강에서 온 하행선이에요. ……라 프로비당스밖에 없는 것 같은데요. 어제저녁 7시에 지나갔거든요……. 그 배는 여기서 2킬로미터 떨어진 오메로 갔어요. 거기 좋은 정박지가 있거든요.」

「자전거가 저거 말고 또 있소?」

「아뇨. 하지만 저거, 그래도 쓸 만은 해요……」

「미안하지만 저건 어디 잘 좀 보관해 둬요. 필요하면 다른 걸 빌려서 쓰시고……. 믿어도 되겠소?」

선원들이 주방에서 나왔다. 그들 중 하나가 수문지기에게 외쳤다.

「자네, 이런 식으로 대접할 거야, 데지레?」

「잠깐만, 이분 일부터 봐드리고……」

「내가 라 프로비당스를 어디서 따라잡을 수 있을 것 같소?」

「음! 그 배가 아직도 속도를 내고 있으니……. 아마 비트리 전에는 따라잡기 힘드실 겁니다.」

매그레는 출발하려다가 돌아와서는, 열쇠 꾸러미에서 만능 스패너를 꺼내 수문지기 마누라의 자전거 양쪽 페달을 분해했다.

다시 길을 나선 그의 상의는 주머니에 넣은 페달 두 개 때문에 혹처럼 불룩 튀어나와 있었다.

디지의 수문지기가 농담 삼아 그에게 말했었다.

「세상 온 천지가 맑아도 빗방울이 떨어지는 걸 확실히 볼 수 있는 데가 딱 두 곳 있는데, 그게 여기하고 비트리르프랑수아랍니다…….」

매그레는 그 도시로 다가가고 있었다. 아닌 게 아니라 비가 또다시 내리기 시작했다. 아주 가늘고, 게으르고, 끝없이 내릴 것 같은 비였다.

운하의 모습이 점점 변해 갔다. 운하 양안에 우뚝 선 공장들이 모습을 드러냈다. 반장은 그 공장 중 하나에서 떼 지어 나오는 여공들 사이를 오랫동안 달렸다.

어딜 둘러보나 하역 중인 배와 선적을 기다리는 배들이 널려 있었다.

이어 낡은 상자로 만든 토끼장과 보잘것없는 정원이 딸린, 도시 변두리의 작은 집들이 나타났다.

1킬로미터마다 시멘트 공장이나 채석장, 또는 석회 가마터가 자리를 잡고 있었다. 빗물이 대기 중에 떠다니는 흰 먼지를 길의 진흙과 섞어 놓았다. 시멘트는 기와지붕,

사과나무, 풀밭, 그 모든 것을 퇴색시켰다.

매그레는 피로에 전 사이클 선수처럼 일어선 채로 온 체중을 실어 우에서 좌로, 좌에서 우로 힘겹게 페달을 밟기 시작했다. 그는 생각하지 않으면서 생각했다. 아직은 단단한 다발로 엮는 게 불가능한 생각들을 서로 연결시키고 있었다.

비트리르프랑수아 수문이 그의 시야에 들어왔을 때는 이미 어둠이 깔려, 줄줄이 서 있는 배 60여 척의 표지등만 총총했다.

어떤 배들은 다른 배를 추월해 가로질러 서 있기도 했다. 반대편에서 배가 도착하면 외침, 욕설, 힘껏 소리쳐 전하는 소식들로 떠들썩했다.

「어이! 시문! ……샬롱쉬르손에서 네 형수 만났는데, 부르고뉴 운하에서 보자고 전해 달래……. 세례식 때문에 기다리고 있을 거야……. 네 친구 피에르도 소식 전해 달랬고……!」

수문의 문들에서 그림자 열 개가 분주히 움직이고 있었다.

그 모든 것 위로, 걸음을 멈추고 서 있는 말들과 이 배에서 저 배로 건너가는 사람들의 그림자가 희미하게 비치는, 비를 머금은 푸르스름한 안개가 떠다녔다.

매그레는 바지선들 뒤편에서 배 이름을 읽어 나갔다.

누가 그를 향해 소리쳤다.

「안녕하세요!」

매그레는 몇 초가 지난 후에야 에코 III의 선장을 알아보았다.

「벌써 수리가 끝났소?」

「아무것도 아니었어요! 제가 데리고 있는 녀석이 워낙 멍청해서요. 랭스에서 온 수리공이 보더니 단 5분 만에 고쳤지 뭡니까…….」

「혹시 라 프로비당스 못 봤소?」

「저 앞쪽에 있을 겁니다……. 하지만 수문은 우리가 먼저 지나갈 거예요. 배가 밀려서 수문 통과 작업이 밤새 이뤄질 겁니다. 아마 내일 밤에도 마찬가지일 거예요. 적어도 60여 척이 대기하고 있는 데다, 배들이 속속 도착하고 있거든요……. 원칙적으로는 말끌이선보다 모터선에 우선권이 있어요. 하지만 이번에는 워낙 밀려 말끌이선과 모터선을 번갈아 통과시키기로 결정했답니다…….」

호감 넘치는 사내가 환한 표정으로 앞쪽을 향해 팔을 뻗었다.

「보세요! 기중기 바로 맞은편에……. 흰색으로 칠한 라 프로비당스의 키가 보이네요.」

바지선들 앞을 지나가면서, 갑판 승강구를 통해 석유등의 노란 불빛 아래 식사를 하는 사람들의 모습이 보였다.

매그레는 둑 위에서 다른 선원들과 열띤 토론을 벌이고 있는 라 프로비당스의 선장을 발견했다.

「물론 모터선들이 더 많은 권리를 누려서는 안 되지! 마리를 예로 들자면, 5번 수로에서 우리가 1킬로미터나 앞섰어……. 그럼 뭐해? 지금 수문 통과 체계로는 마리가 우리보다 먼저 수문을 통과할 텐데……. 이런! 반장님이시네……!」

키 작은 사내가 친구 대하듯 손을 내밀었다.

「또 저희랑 같이 계시네요? ……집사람은 배에 있습니다. 반장님 다시 뵈면 반가워할 거예요. 경찰치고 참 좋으신 분이라고 말했거든요…….」

어둠 속에서 담배꽁초가 빨갛게 타들어 갔고, 너무 다닥다닥 붙어 있어 그사이로 배들이 어떻게 아직도 다닐 수 있는지 의문인 표지등들이 번뜩였다.

매그레는 수프를 거르고 있는 뚱뚱한 브뤼셀 여자를 발견했다. 그녀는 앞치마에 손을 쓱쓱 닦더니 반장에게 내밀었다.

「범인은 아직 못 잡으셨어요……?」

「그렇소, 안타깝게도! ……이번에도 몇 가지 물어보러……」

「좀 앉으세요……. 한 잔 드릴까요?」

「됐소이다!」

「사양 마시고 한 잔만 하세요! 이런 날씨에는 아무에게도 해가 되지 않으니까요……. 설마하니 디지에서 여기까지 자전거로 오진 않으셨겠죠?」

「아뇨, 자전거로 왔소!」

「세상에나, 68킬로미터 거리를……!」

「당신 마부, 여기 있소?」

「아마 수문에서 토론을 벌이고 있을 거예요……. 하나같이 우리 차례를 빼앗으려고 드니 앉아서 당하고만 있을 때가 아니죠. 안 그래도 이미 시간을 제법 많이 허비했거든요…….」

「혹시 자전거 가지고 있소?」

「누가요, 장이요……? 아뇨!」

그녀가 웃었다. 그러고는 하던 일을 다시 시작하며 설명했다.

「자전거를 타는 장의 모습이 잘 그려지질 않네요, 그 짧은 다리로……. 제 남편은 한 대 갖고 있어요. 하지만 안 탄 지 1년은 족히 됐고, 아마 타이어도 펑크가 났을 거예요…….」

「오메에서 밤을 보냈소?」

「맞아요! 늘 장을 볼 수 있는 곳에 정박하려고 애쓰거든요. 불행하게도 낮에 배를 세워야 할 일이 생기면, 다른 배들이 추월하려고 난리를 쳐서…….」

「그곳에 도착했을 때가 몇 시였죠?」

「대략 이맘때쯤이었어요……. 저희는 시계보다는 해의 위치를 보고 시간을 짐작한답니다, 이해하시겠어요? ……한 잔 더 하실래요? 노간주나무 열매로 담근 술인데, 여행할 때마다 벨기에에서 잔뜩 사 와요…….」

「식료품점에는 들렀소?」

「예, 남자들이 아페리티프를 마시는 동안에요……. 아마 8시 조금 지나서 잠자리에 들었을 거예요.」

「장은 마구간에 있었고?」

「마구간이 아니면 어디 있었겠어요? ……장은 말하고 있어야 편안해해요.」

「밤에 무슨 소리 못 들었습니까?」

「아뇨, 전혀……. 늘 그렇듯 새벽 3시에 장이 커피를 끓이러 왔어요. 습관이죠. 그러고는 출발했어요…….」

「뭐 이상한 건 없었소?」

「그게 무슨 말씀이세요? 설마하니 늙은 장을 의심하시는 건 아니겠죠? ……물론 잘 모르는 사람 눈에는 이상해 보이긴 하죠. 하지만 우린 8년을 함께 지냈어요……. 혹시라도 그가 훌쩍 떠나 버리면, 라 프로비당스는 더 이상 지금의 라 프로비당스가 아닐 거예요…….」

「남편분은 당신과 함께 잡니까?」

그녀가 또다시 웃었다. 그러고는 팔꿈치로 곁에 있던

매그레의 옆구리를 쿡 찌르며 말했다.

「나 참! 우리가 그렇게 늙어 보이나요?」

「마구간을 좀 둘러봐도 되겠소?」

「원하신다면……. 갑판에 있는 등을 들고 가세요. 말들은 그대로 바깥에 뒀어요. 어떻게든 오늘 밤 수문을 통과했으면 해서요……. 일단 비트리에 들어가면 마음을 놓을 수 있어요. 대부분의 배들이 마른 강에서 라인 강으로 통하는 운하로 가거든요. 손 강 쪽은 훨씬 한적해요. 언제 봐도 무서운, 장장 8킬로미터 길이의 〈둥근 천장〉만 제외하면요…….」

매그레는 혼자 마구간이 있는 바지선 중앙으로 걸어갔다. 그는 표지등으로 사용되는 방풍 등을 집어 들고, 퇴비와 가죽의 후끈한 냄새가 푹 배어 있는 장의 영역 속으로 미끄러져 들어갔다.

둑에서 라 프로비당스 선장과 선원들이 이어 가는 대화를 들어 가며 약 15분간 그곳을 뒤졌지만 허사였다.

잠시 후 매그레는 수문에 도착했다. 녹슨 크랭크 핸들이 돌아가고 물이 부글부글 끓어오르는 소란 속에서, 지체한 시간을 만회하고자 모두가 한꺼번에 나서 작업하는 중이었다. 매그레는 한 갑문 위에서 채찍을 목걸이처럼 목에 두른 채 수문을 조작하고 있는 마부 장을 알아보았다.

그는 디지에서처럼 줄무늬가 있는 낡은 벨벳 양복 차

림에 머리에는 장식 띠가 이미 오래전에 떨어져 나간 색 바랜 펠트 모자를 쓰고 있었다.

바지선 한 척이 다닥다닥 붙어 있는 배들 때문에 달리 방법이 없는지 장대를 이용해 갑실에서 나왔다.

바지선들 사이에 오가는 걸걸한 목소리에는 짜증이 배어 있었고, 때때로 불빛에 드러나는 얼굴에는 피로가 깊이 각인되어 있었다.

새벽 3~4시경에 길을 나선 그 사람들은 모두 배불리 저녁 식사를 하고 마침내 침대에 쓰러져 쉴 수 있기만을 꿈꾸었다.

하지만 하나같이 다음 날 좋은 조건에서 항해를 시작하기 위해 혼잡한 수문을 먼저 통과하고 싶어 하기도 했다.

수문지기가 오락가락하며 이 배 저 배에서 내미는 서류들을 잡아채서는 사무실로 달려가 서명을 하고, 도장을 찍고, 팁을 주머니에 쑤셔 넣었다.

「미안하지만…….」

매그레가 팔을 건드리자, 마부 장이 천천히 돌아서서는 빽빽한 눈썹에 가려 거의 보이지 않는 눈으로 그를 쳐다보았다.

「혹시 지금 신고 있는 것 말고 장화가 또 있소?」

장은 무슨 말인지 곧바로 이해하지 못하는 듯 보였다.

그의 얼굴이 점점 구겨졌다. 그러고는 당혹스러운 표정으로 자기 발을 뚫어져라 쳐다보았다.

이윽고 그가 고개를 흔들고는 물고 있던 파이프를 빼며 이렇게 중얼거렸다.

「다른 장화……?」

「신발이 그것뿐이오?」

아주 느린 끄덕임.

「자전거 탈 줄 아시오?」

사람들이 무슨 일인가 하고 모여들었다.

「저쪽으로 갑시다. 당신이 필요하니……」 매그레가 말했다.

마부는 2백 미터가량 떨어진 곳에 정박해 있는 라 프로비당스 방향으로 그를 따라왔다. 번들거리는 등에 흩날리는 비를 고스란히 맞으며 고개를 숙이고 있는 말들 앞을 지나치며, 그는 가까이 있는 말의 목을 쓰다듬어 주었다.

「배로 올라가시오……」

키가 작고 바짝 마른 선장이 운하 밑바닥에 박힌 장대를 붙들고 발을 뻗어 받친 채 온 힘을 다해 배를 하안 쪽으로 밀고 있었다. 하행 바지선이 지나가도록 비켜 주기 위해서였다.

그는 멀리서 두 사람이 마구간으로 들어가는 것을 보았다. 하지만 그에게는 그들에게 관심을 가질 겨를이 없었다.

「지난밤 여기서 잤소?」

그렇다는 걸 의미하는 웅얼거림.

「밤새? 혹시 포니 수문지기의 자전거를 훔쳐 타지 않았소……?」

마부는 꾸중을 듣는 모자란 사람, 혹은 몽둥이찜질을 한 번도 당해 본 적이 없다가 주인한테 갑자기 아무 이유 없이 얻어맞는 개가 지을 법한 불쌍한 표정을 지었다.

그는 손으로 모자를 머리 뒤쪽으로 밀고는 말총처럼 희고 뻣뻣한 머리카락이 박힌 머리를 쓱쓱 문질렀다.

「장화를 벗어 보시오…….」

사내는 움직이지 않았다. 대신 말들의 다리가 내다보이는 강기슭 쪽으로 눈길을 던졌다. 말들 중 하나가 마부가 곤경에 빠졌다는 것을 알아차리기라도 한 것처럼 힝힝거렸다.

「당신 장화……. 어서!」

매그레가 말로만 그치지 않고 직접 나서서 마구간 한 쪽 벽을 따라 고정되어 있는 판자에 장을 앉혔다.

늙은 마부는 그제야 고분고분해졌다. 그는 원망의 눈길로 매그레를 쳐다보며 마지못해 장화 한 짝을 벗기 시작했다.

그는 양말을 신지 않고 있었다. 대신 기름을 먹인 천

띠가 발과 발목에 둘둘 감겨 살갗과 하나가 되어 있었다.

등을 켜놓았는데도 어두침침했다. 일을 마친 선장이 다가와서는 마구간에서 무슨 일이 벌어지는지 보기 위해 갑판에 쪼그리고 앉았다.

장이 잔뜩 부은 표정으로 툴툴거리며 다른 쪽 다리를 들어 올리는 동안, 매그레는 짚으로 손에 들고 있던 장화의 밑창을 닦았다.

그는 주머니에서 왼쪽 페달을 꺼내 신발과 맞춰 보았다.

장화를 벗고는 망연자실한 표정으로 자기 발을 쳐다보는 노인, 그것은 묘한 광경이었다. 키가 그보다 더 작은 사람을 위해 만들어졌거나 기장을 잘라 낸 것이 분명한 그의 바지는 정강이까지밖에 내려오지 않았다.

기름을 먹인 천 띠들은 지푸라기와 때가 잔뜩 끼어 거무스름했다.

매그레는 등 바로 옆에 서서, 톱니 몇 개가 부러진 페달을 가죽 위로 겨우 보이는 흔적에 갖다 대보았다.

「당신은 지난밤 포니에서 수문지기의 자전거를 훔쳐 탔어!」 매그레가 두 물건에서 눈을 떼지 않은 채 천천히 말했다. 「자전거를 타고 어디까지 갔었소?」

「어이! 라 프로비당스! 어서 가! ……에투르노가 자기 차례 포기하고 수로에서 자겠대……」

장이 바깥에서 분주히 움직이는 사람들을 향해 고개를

돌렸다가 다시 반장을 쳐다보았다.

「수문 통과부터 하시오! 여기! 당신 장화 신고……」
매그레가 말했다.

선장은 이미 장대를 다루고 있었다. 브뤼셀 여자가 달려왔다.

「장……! 말들……! 우리 차례 놓쳤다가는……」

마부는 장화를 신고 갑판 위로 올라가 목소리를 변조해 묘한 소리를 냈다.

「워! 워이……! 워이……!」

그러자 말들이 고개를 흔들고 콧바람을 불어 대며 걸어가기 시작했다. 그사이 배에서 뛰어내린 장은 어깨에 채찍을 두른 채 무거운 걸음을 옮겨 그들을 바짝 따라갔다.

「워……! 워이……!」

선장이 장대를 미는 동안 아내는 키 손잡이를 온몸으로 눌렀다. 둥그런 선수와 선미에 설치된 표지등의 후광을 봐야만 겨우 구별할 수 있는, 반대편에서 오는 바지선을 피하기 위해서였다.

안달이 난 수문지기가 외쳐 댔다.

「이런……. 라 프로비당스? 왜 이렇게 꾸물거려……?」

라 프로비당스가 시커먼 물 위를 소리 없이 미끄러졌다. 배는 돌벽에 세 번이나 부딪힌 후에야 배 한 척만 들어서도 꽉 차는 갑실로 들어갔다.

8
10호실

보통 물이 드나드는 수문 네 개는 하나씩 차례로, 그것도 천천히 연다. 갑자기 몰려든 물이 일으키는 소용돌이에 배의 밧줄이 끊어지는 불상사를 피하기 위해서다.

하지만 바지선 60척이 차례를 기다리고 있었다. 그래서 수문지기가 각종 서류에 도장이나 찍고 있는 동안, 차례가 다 된 선원들이 배에서 내려 작업을 도왔다.

매그레 반장은 한 손으로 자전거를 붙든 채 둑 위에 서서 어둠 속에서 분주히 오가는 그림자들을 눈으로 좇았다. 말 두 마리는 상류 쪽 갑문에서 50미터 정도 떨어진 곳에 멈춰 서 있었고, 장은 크랭크 핸들 중 하나를 돌리고 있었다.

물이 요란한 소리를 내며 몰려들었다. 조금 전까지 마들렌호가 있었던 비좁은 공간으로 허연 거품을 뿜으며 쏟아지는 물이 보였다.

그렇게 한창 물이 채워지고 있는데, 바지선 앞쪽에서 뭔가 부딪히는 둔탁한 소리가 들려왔고, 웅성웅성 소란이 일더니, 억눌린 비명이 터져 나왔다.

반장은 무슨 일이 벌어진 것인지 금방 알아차렸다. 문 위에 있던 마부가 더는 보이지 않았고, 다른 선원들이 벽을 따라 달려갔다. 사람들이 사방에서 동시에 소리를 질러 댔다.

그 광경을 비추는 조명이라고 해봐야 등 두 개가 고작이었다. 수문 앞쪽 승개교 한가운데 달린 것과 빠른 리듬으로 계속 상승하는 바지선에 달린 것.

「수문들을 닫아!」

「갑문들을 열어!」

누군가 들고 지나가는 어마어마하게 긴 장대에 매그레는 뺨을 한 방 얻어맞고 말았다.

선원들이 멀리서 달려왔다. 책임을 져야 한다는 생각에 사색이 다 된 수문지기가 사무실에서 부리나케 달려 나왔다.

「무슨 일이야……?」

「마부 장이…….」

바지선 양쪽, 배의 외피 판과 벽 사이로 물이 흐를 수 있는 공간이 기껏해야 30센티미터밖에 되지 않았다. 수문들을 통해 쏟아져 들어온 물이 그 좁은 통로로 전속력으로 미끄러지다 하류 쪽 갑문을 때리고는 부글거리며 되돌아왔다.

당황한 나머지 황당한 실수들도 범해졌다. 누군가 급한 마음에 하류 쪽 갑문의 수문을 여는 바람에 큰 사고가 날 뻔했다. 수문지기가 수문을 닫기 위해 황급히 달려가는 동안, 갑문의 경첩들이 금방이라도 뜯겨 나갈 것처럼 요란한 굉음을 냈다.

반장은 나중에야 자칫했으면 아래쪽 수로 전체가 범람하고 바지선 50척이 파손될 수도 있었다는 사실을 깨달았다.

「보이나……?」

「저기, 뭔가 시커먼 게 있어요…….」

바지선은 훨씬 더뎌지긴 했지만 그래도 계속 부상했다. 수문 네 개 중에 세 개가 다시 닫혔다. 하지만 배는 흔들릴 때마다 매번 갑실의 벽에 격렬하게 부딪혔다. 어쩌면 그때마다 마부를 짓이기고 있을지도.

「어느 정도 깊이에?」

「최소한 배 아래쪽 1미터 정도에요…….」

끔찍한 일이었다. 마구간 등의 흐릿한 불빛 아래 브뤼셀 여자가 구명 튜브를 손에 든 채 사방으로 뛰어다니는 게 보였다.

비탄에 빠진 그녀가 외쳤다.

「우리 장, 수영도 할 줄 모르는데!」

매그레는 곁에서 나지막한 목소리가 이렇게 말하는 것을 들었다.

「그게 오히려 나아! 고통을 덜 겪을 테니까……..」

이는 15분 동안 계속되었다. 사람들이 세 번이나 사람의 몸이 떠오르는 걸 봤다며 소리를 질러 댔지만, 그들이 가리키는 방향으로 아무리 장대를 휘저어 봐도 허사였다.

라 프로비당스[8]가 천천히 갑실을 벗어났다. 한 늙은 마부가 구시렁거렸다.

「아마 키 아랫부분에 걸렸을 거야! 나 베르됭에서 그런 걸 본 적 있어.」

틀린 짐작이었다. 바지선이 거기서 50미터 떨어진 곳에 멈춰 서자마자 장대로 하류 쪽 갑문 아래를 더듬던 사람들이 소리를 질러 도움을 청했으니까.

작은 보트를 끌고 와야 했다. 수면 아래 1미터 깊이에서 뭔가가 느껴졌다. 울먹이며 만류하는 아내의 손을 뿌리치고 누군가 나서서 물로 뛰어들려는 순간, 몸 하나가 불쑥 수면 위로 떠올랐다.

사람들이 그를 끌어올렸다. 열 개의 손이 동시에 갑문 고정 나사 중 하나에 걸려 갈가리 찢어진 벨벳 상의를 거

8 원문에는 〈마들렌〉으로 되어 있는데, 착오로 보인다.

머쥐었다.

나머지는 악몽을 꿀 때처럼 진행되었다. 수문지기의 집에서 요란한 전화벨 소리가 울려 퍼졌고, 꼬마 하나가 의사를 부르기 위해 자전거를 타고 황급히 출발했다.

하지만 불필요한 일이었다. 이미 숨이 끊어진 듯 미동도 않는 늙은 마부의 몸이 둑 위에 놓이자마자, 한 선원이 그의 웃옷을 벗기고 떡 벌어진 가슴 가에 무릎을 꿇고 앉더니 일정한 간격을 두고 혀를 잡아당기는 인공호흡을 시작했다.

누군가 등을 들고 왔다. 마부의 몸은 어느 때보다 더 짧고 굵어 보였다. 물이 줄줄 흐르는 진흙투성이의 얼굴은 창백하게 질려 있었다.

「이 사람 움직여! ……움직인다니까!」

서로 밀쳐 대는 소란은 없었다. 너무 조용해서 누가 말을 할 때마다 마치 성당 안처럼 울려 퍼졌다. 그리고 완전히 닫히지 않은 수문에서 물이 흘러드는 소리가 계속 들려왔다.

「어때……?」 수문지기가 돌아오며 물었다.

「움직이기는 하는데……. 워낙 약해요…….」

「거울[9]이 필요할 거야…….」

9 거울을 코와 입 앞에 대어 김이 끼는지 확인하여 호흡 여부를 판단한다.

라 프로비당스의 선장이 거울을 가지러 배로 달려갔다. 인공호흡을 하던 사내가 땀에 흠뻑 젖자, 다른 사람이 나서서 마부의 가슴을 강하게 눌러 댔다.

의사가 자동차를 타고 측면 도로를 통해 도착했다는 소식이 전해졌을 때, 사람들은 늙은 장의 가슴이 천천히 부풀어 오르는 것을 볼 수 있었다.

마부의 웃옷은 이미 벗겨져 있었고, 벌어진 셔츠를 통해 야수처럼 무성한 털로 뒤덮인 가슴이 보였다. 오른쪽 가슴 아래 긴 흉터가 있었다. 매그레는 그의 어깨에서 문신 같은 것을 얼핏 보았다.

「다음 차례!」 양손을 확성기처럼 모아 입에 대고 수문지기가 외쳤다. 「당신들, 여기 있어 봤자 할 수 있는 거 아무것도 없어……」

한 선원이 마지못해 자리를 뜨며 멀찌감치 떨어져 다른 사람들과 함께 탄식을 늘어놓고 있는 아내를 불렀다.

「당신, 설마 모터를 끄진 않았겠지……?」

의사가 구경꾼들을 물러서게 했다. 그는 부상자의 가슴을 만져 보자마자 눈살을 찌푸렸다.

「살아 있죠, 안 그래요?」 가장 먼저 나서서 돌봤던 사내가 자랑스럽게 말했다.

「수사국에서 나왔소!」 매그레가 끼어들었다. 「심각합니까?」

「갈비뼈 대부분이 으깨졌어요……. 살아 있는 건 맞아요! 하지만 아마 오래 살지는 못할 겁니다……. 배 사이에 끼였나요?」

「배와 갑실 벽 사이에요, 아마도…….」

「여기 보세요!」

의사는 반장에게 두 군데가 부러진 왼팔을 만져 보게 했다.

「들것 있습니까?」

죽어 가는 자가 가는 한숨을 내쉬었다.

「그래도 주사를 놓아 주긴 하겠지만……. 가능한 한 빨리 들것을 준비하게 하세요. 병원이 5백 미터 거리에 있으니까…….」

수문에는 규정에 따라 들것이 하나 있긴 했는데, 하필이면 고미 다락방에 처박혀 있었다. 누가 벌써 가지러 달려갔는지 천창에 오락가락하는 촛불이 비쳤다.

브뤼셀 여자는 흐느끼며 멀리서 원망의 눈길로 매그레를 흘겨보았다.

열 사람이 나서서 들어 올리자 마부가 또다시 헐떡이는 신음을 내뱉었다. 곧이어 등 하나가 빽빽하게 몰려든 사람들을 희미하게 비추며 대로 쪽으로 멀어져 갔고, 그 사이 녹색과 적색 등으로 장식한 모터선 한 척이 세 번 사이렌을 울리고는 다음 날 가장 먼저 출발하기 위해 도시

149

한가운데로 정박하러 나아갔다.

10호실. 매그레가 그 번호를 본 것은 우연이었다. 그 방에는 환자가 둘밖에 없었는데, 그중 하나는 마치 갓난 아기처럼 앵앵거리며 울어 댔다.

반장은 간호사들이 뛰어다니며 나지막한 목소리로 서로 지시를 전달하는, 흰색 타일이 깔린 복도를 오락가락 하며 대부분의 시간을 보냈다.

여자 환자들이 가득 들어찬 맞은편 8호실에서는 10호 실에 들어온 새 환자에 대해 서로 물어보고 나름대로 진단을 내놓기도 했다.

「10호실에 넣은 것만 봐도 알조지······!」

의사는 뿔테 안경을 쓴 오동통한 남자였다. 그는 흰 가운 차림으로 두세 번 지나갔지만 매그레에게는 아무 말도 하지 않았다.

11시가 다 되어서야 마침내 의사가 반장에게 다가와 물었다.

「환자를 보시겠습니까?」

사람을 어리둥절하게 만드는 광경이었다. 반장은 볼과 이마에 입은 상처를 치료하기 위해 수염을 깎아 낸 늙은 장을 겨우 알아보았다.

그가 깔끔한 모습으로 거기, 반투명 유리등의 생동감

없는 조명을 받으며 하얀 침대에 누워 있었다.

의사가 시트를 걷어 올렸다.

「이 골격 좀 보세요! 마치 곰 같아요……. 의사 생활하면서 이런 골격은 처음 보는 것 같습니다. 어쩌다 이렇게 됐죠?」

「수문들이 열리는 순간에 갑문에서 떨어졌습니다.」

「그랬군요……. 아마 벽과 바지선 사이에 끼였을 겁니다. 가슴이 말 그대로 으깨져 버렸어요. 갈비뼈가 다 나갔습니다…….」

「다른 부분은……?」

「내일 동료 의사들과 함께 검사를 해봐야 할 겁니다. 그때까지 살아 있다면요……. 아주 위험해요. 까딱 잘못하다가는 환자를 죽일 수도 있거든요…….」

「의식은 되찾았나요?」

「저도 모르겠어요! 가장 놀라운 게 아마 그걸 겁니다. 조금 전에 상처를 살펴보다가 환자가 눈을 살며시 뜨고 제 움직임을 주시하는 것 같은 아주 분명한 느낌을 받았거든요……. 하지만 제가 확인하려고 들여다보자마자 다시 눈을 감아 버리더군요……. 헛소리도 하지 않았고……. 기껏해야 가끔 헐떡이는 신음만…….」

「팔은?」

「심각하지 않아요! 두 군데 골절은 이미 맞춰 놨으니

까요. 하지만 가슴은 상박골처럼 간단하게 치료할 수 있는 게 아니에요…… 이 사람 어디서 왔죠?」

「그건 저도 모릅니다.」

「이상한 문신을 하고 있어서 여쭤 보는 겁니다…… 아프리카 전투 부대원들 문신도 봤지만, 그것하고는 또 달라요. 내일 검진을 위해 깁스를 떼어 낼 때 보여 드리죠……」

수위가 와서 사람들이 부상자를 보겠다며 고집을 피운다고 알렸다. 수위실로 직접 내려간 매그레는 외출복으로 갈아입은 라 프로비당스의 선장 부부를 발견했다.

「우리도 그를 볼 수 있죠, 안 그래요, 반장님? ……반장님 탓이에요, 아세요! 반장님이 몰아세우는 바람에 정신이 나가서…… 상태가 좀 나아졌나요?」

「나아졌습니다…… 의사들이 내일 진단을 내릴 겁니다.」

「그를 보게 해주세요…… 멀리서라도! 배와 한 몸이나 다름없는 사람이에요!」

그녀는 〈가족〉이 아니라 〈배〉라고 말했다. 어쩌면 그게 더 감동적이었는지도.

그녀의 남편은 푸른색 서지 양복, 셀룰로이드 부착식 옷깃이 거북한 듯 야윈 목을 앞으로 쑥 뺀 채 그녀 뒤에 어정쩡한 자세로 서 있었다.

「소리는 내지 말아 주시오……」

그들은 둘 다 복도에 서서 그를 바라보았다. 복도에서

는 시트에 덮인 어렴풋한 형체, 상아 같은 얼굴, 흰 머리카락 몇 올밖에 구별할 수 없었다.

브뤼셀 여자는 여러 차례 병실로 달려 들어가려다 마지막 순간에 자제했다.

「반장님! 뭔가를 지불하면 치료를 더 잘해 줄까요……?」

그녀는 감히 핸드백을 열지는 못하고 떨리는 손으로 만지작거렸다.

「왜, 돈 좀 집어 주면 잘해 주는 병원들도 있잖아요……. 설마 다른 환자들 전염병에 걸린 건 아니겠죠……?」

「비트리에 있을 겁니까?」

「물론이죠, 장을 두고 떠날 순 없어요! 선적에 차질이 생기긴 하지만……. 내일 아침 몇 시에 오면 볼 수 있을까요?」

「10시요!」 초조하게 듣고 있던 의사가 끼어들었다.

「그에게 뭔가 가져다줄 수 있는 건 없나요? 샴페인? 스페인산 건포도?」

「필요한 건 저희가 드릴 겁니다…….」

의사가 그들을 수위실 쪽으로 떠밀었다. 수위실에 도착하자, 이 선량한 여자는 핸드백에서 슬그머니 10프랑짜리 지폐 한 장을 꺼내 놀란 눈으로 쳐다보는 수위의 손에 쥐어 주었다.

매그레는 자기 앞으로 도착할지 모르는 통지문을 계

속 전해 달라는 전보를 디지로 보낸 후 자정에 잠자리에
들었다.

잠자리에 들기 직전 그는 서든 크로스가 바지선을 대
부분 추월해 비트리르프랑수아에 도착했으며, 길게 늘어
서서 차례를 기다리는 배들 맨 끝에 정박해 있다는 소식
을 들었다.

반장은 운하에서 제법 멀리 떨어져 있는 도심의 마른
호텔에 방을 잡았는데, 그곳은 그가 지난 며칠 동안 푹 절
어 지냈던 분위기와는 전혀 딴판이었다.

카드놀이를 하는 손님들은 대부분 방문 판매 사원들이
었다.

그들 중 하나, 가장 늦게 도착한 자가 소식을 전했다.

「수문에서 사람이 물에 빠진 것 같던데……」

「자넨 바닥에 깔린 패가 스트레이트네……? 랑페리에르
는 거는 족족 잃고 있어……. 물에 빠진 사람은 죽었대?」

「나도 몰라……」

그게 다였다. 호텔 여주인은 계산대에서 꾸벅꾸벅 졸
다가 보이는 바닥에 톱밥을 뿌리고, 밤사이 불이 꺼지지
않도록 난로를 채웠다.

그곳에는 욕실이 딱 하나 있었는데, 욕조의 법랑 일부
가 벗겨져 있었다. 그래도 매그레는 이튿날 아침 8시에
욕조를 썼고, 보이를 시켜 새 셔츠와 부착식 옷깃을 사오

게 했다.

하지만 시간이 흐름에 따라 그는 점점 초조해졌다. 한 시라도 빨리 운하에 다시 가보고 싶었다. 사이렌 소리를 들은 그가 물었다.

「수문 열라고 저러는 거요?」

「승개교요……. 이 도시에 세 개가 있거든요.」

날이 흐렸고, 바람이 세차게 불었다. 그는 병원 가는 길을 찾지 못해 여러 번 길을 물어야 했다. 어느 길로 가든 매번 마르셰 광장이 나왔으니까.

반장을 알아본 수위가 그에게 걸어와 큰 소리로 말했다.

「설마 이런 일이 일어날 줄 누가 알았겠어요, 안 그렇습니까?」

「뭐가요? 그가 벌떡 일어나기라도 했소? ……아니면 죽은 거요?」

「뭐라고요? 아직 모르세요? 원장님이 방금 반장님 호텔로 전화를 거셨는데…….」

「빨리 말해 봐요!」

「가버렸어요! 훌쩍 날아가 버렸다고요! ……의사는 맹세하건대 절대 불가능하대요. 그런 상태로는 1백 미터도 못 간다면서……. 그런데도 휙 사라져 버렸어요!」

반장은 건물 뒤 정원에서 나는 목소리를 듣고 그쪽으로 황급히 달려갔다.

그는 거기서 한 번도 본 적이 없는 노인을 발견했다. 병원 원장인 듯했다. 그가 전날 밤의 의사와 빨간 머리 간호사를 엄하게 질책하고 있었다.

「맹세한다니까요……!」 의사가 항변했다. 「원장님도 그 환자 상태가 얼마나 위중한지 잘 아시잖아요……. 갈비뼈 열 개가 으스러졌다고 말씀드렸지만 그뿐이 아니에요. 거의 익사 상태였고 쇼크까지 있었단 말입니다……!」

「어디로 달아났습니까?」 매그레가 물었다.

의사는 지면에서 약 2미터 높이에 있는 창문을 가리켰다. 땅에는 맨발로 걸은 흔적과 마부가 우선 온몸으로 떨어졌다고 가정하게 해주는 길고 움푹한 자국이 남아 있었다.

「들어 보세요! 간호사 베르트 양이 평소처럼 야간 당직을 섰는데 아무 소리도 못 들었답니다……. 새벽 3시경에 8호실에 조치를 취해야 할 일이 있어서 갔다가 10호실도 흘낏 들여다봤답니다. 등이 꺼져 있었고……. 모든 게 평온했대요. 그 마부가 그때도 침대에 있었는지는 모르겠답니다…….」

「다른 두 환자는요?」

「한 환자는 급히 개두 수술을 받아야 해서……. 지금 외과의를 기다리고 있어요. 다른 환자는 세상모르고 잤고요…….」

매그레는 화단에 나 있는 흔적을 눈으로 좇았다. 작은 장미 나무 한 그루가 마구 짓밟혀 있었다.

「철책은 늘 열어 둡니까?」

「여긴 감옥이 아닙니다!」 원장이 대꾸했다. 「게다가 환자가 창문으로 뛰어내리리라고 예상이나 할 수 있었겠어요? 하나뿐인 건물 문은 평소처럼 잠겨 있었습니다…….」

바깥으로 나가 흔적을 찾는 건 소용없는 짓이었다. 포석이 깔린 도로였으니까. 두 집 사이로 멀리 운하 양쪽에 늘어선 나무들이 보였다.

「솔직히 말씀드리면, 전 오늘 아침에 죽어 있는 그를 발견하게 될 거라고 거의 확신하고 있었습니다……. 하지만 할 수 있는 게 아무것도 없었죠……. 그래서 그를 10호실에 입원시켰던 겁니다.」

그는 공격적이었다. 원장에게 받은 질책을 속으로 삭이기가 힘든 모양이었다.

매그레가 서커스의 말처럼 잠시 정원을 맴돌다가, 별안간 쓰고 있던 중산모 가장자리를 인사 삼아 들어 올리고는 수문 쪽으로 발길을 옮겼다.

서든 크로스가 수문으로 들어왔다. 블라디미르가 진짜배기 뱃사람의 능숙한 솜씨로 매듭지은 밧줄을 던져 계주에 걸고 배를 단숨에 세웠다.

긴 방수복 차림에 흰색 챙 모자를 쓴 대령은 작은 바퀴

처럼 생긴 키 앞에 무표정한 얼굴로 서 있었다.

「문들 열어……!」 수문지기가 외쳤다.

이젠 지나가야 할 배가 스무 척 남짓밖에 남아 있지 않았다.

「저 배 차례요?」 매그레가 요트를 가리키며 물었다.

「그렇기도 하고 아니기도 하죠. 모터선으로 간주한다면, 말끌이선보다 먼저 수문을 통과할 권리가 있지만……. 유람선으로 간주한다면……. 음! 저런 배는 워낙 드물어서 명확하게 규정되어 있질 않아요. 다만, 저들이 다른 배 선원들에게 한 푼씩 집어 줬기 때문에…….」

수문들을 열고 있는 것은 그 선원들이었다.

「라 프로비당스는?」

「다른 배들 지나가는 데 방해가 돼서……. 오늘 아침 저기 1백 미터 위쪽에 있는 모퉁이, 두 번째 다리 앞으로 배를 대러 갔어요. 늙은 마부 소식은 들으셨어요? ……저로서는 참 골치 아프게 됐어요. 반장님이 제 입장이라고 생각해 보세요! 원칙적으로는 저 혼자 문들을 여닫아야 합니다……. 하지만 만약 그렇게 한다면, 아마 매일 1백 척은 줄을 서서 차례를 기다리게 될 거예요……. 갑문 네 개! 수문 열여섯 개! ……제가 이 짓거리 하고 얼마 받는지 아십니까?」

블라디미르가 서류와 팁을 건넸기 때문에 수문지기는

잠시 자리를 떠야 했다.

매그레는 그 틈을 이용해 운하를 따라 걸었다. 이제 바지선 1백 척 가운데 숨겨 놓아도 멀리서도 쉽게 알아볼 수 있을 라 프로비당스가 모퉁이에 정박해 있었다.

난로 연통으로 연기가 약간 피어올랐다. 갑판에는 아무도 보이지 않았다. 모든 출구가 닫혀 있었다.

그는 선장 부부의 거처로 통하는 뒤쪽 선교로 올라갈 뻔했다.

하지만 곧 생각을 바꿔 말을 배에 태우는 데 사용하는 넓은 선교 쪽으로 발길을 옮겼다.

마구간을 덮고 있는 널빤지 중 하나가 치워져 있었다. 말 한 마리가 그곳으로 머리를 내밀고 바람 냄새를 맡았다.

안을 들여다본 매그레는 그 말의 다리 뒤쪽, 짚단 위에 누워 있는 시커먼 형체를 보았다. 그 옆에 브뤼셀 여자가 손에 커피 사발을 든 채 쪼그리고 앉아 있었다.

묘한 부드러움이 밴 엄마 같은 목소리로 그녀가 속삭였다.

「어서, 장! 따뜻할 때 좀 마셔! 이거 마시면 훨씬 나아질 거야, 미친 노인네…… 머리를 받쳐 줄까……?」

하지만 그녀 곁에 누워 있는 사내는 꼼짝 않고 하늘만 바라보고 있었다.

그 하늘에 그가 분명히 봤을 매그레의 얼굴이 뚜렷하

게 떠올랐다.

반장은 반창고가 덕지덕지 붙은 그 얼굴에 만족의 미소, 아이러니가 밴, 나아가 공격적이기까지 한 미소가 떠도는 것 같은 느낌을 받았다.

늙은 마부는 여주인이 입술에 갖다 대는 사발을 밀쳐내기 위해 손을 들어 올리려고 애썼다. 하지만 온통 주름지고 못이 박인, 예전에 새긴 문신의 흔적이 분명한 푸른색 작은 점들이 희미하게 남아 있는 그 손은 맥없이 툭 떨어졌다.

9
박사

「보세요! 그는 다친 개처럼 두 다리를 질질 끌며 둥지
로 돌아왔어요……」

브뤼셀 여자는 마부의 몸이 어떤 상태인지 알고나 있
었을까? 어쨌거나 그녀는 겁에 질려 허둥대지는 않았다.
마치 독감에 걸린 아이를 돌보는 것처럼 차분했다.

「커피를 마시는 게 그렇게 나쁠 리가 없어요, 안 그래
요? 하지만 도통 뭘 먹으려 들질 않아요……. 새벽 4시쯤
배에서 큰소리가 나서, 남편과 저는 깜짝 놀라 깨어났어
요. 제가 권총을 집어 들고는…… 남편에게 등을 들고 따
라오라고 말했죠…….

믿으시든 안 믿으시든, 장이 지금 보시는 거의 이 상태
로 거기 있었어요……. 다리에서 떨어진 게 분명해요. 높
이가 거의 2미터나 되거든요.

처음에는 그렇게 분명하게 보이질 않았어요……. 전

잠시 그가 죽은 줄 알았지요…….

남편이 그를 침대로 옮겨야 한다며 도움을 청하기 위해 이웃을 부르려고 했어요. 하지만 장이 눈치채고는…… 제 손을 꼭 잡았어요……. 제 손을 꼭 붙들었다고요! 마치 아이가 매달리는 것처럼…….

그리고 전 그가 훌쩍거리는 걸 봤어요…….

전 알아차렸어요. 8년을 같이 지냈으니까요, 안 그래요……? 말을 하진 못하지만……. 제가 말하는 걸 듣기는 할 거예요……. 안 그래, 장? ……많이 아파?」

마부의 눈동자가 반짝이는 게 말을 알아들었기 때문인지 열 때문인지 구별하긴 어려웠다.

그녀가 그의 귀에 묻은 지푸라기를 떼어 주며 말을 이었다.

「제 삶은요, 제 작은 살림, 배의 구리 장식, 가구 네 채가 전부예요……. 전 누가 저에게 궁궐을 준다 해도 거기서는 불행할 거라고 생각해요.

장에게 그건 그의 마구간이에요……. 그리고 그의 말들! ……들어 보세요! 하역을 해야 하니까 당연히 일을 하지 않는 날들이 있어요. 장은 그런 날이면 할 일이 없으니 선술집에 갈 수도 있겠죠…….

천만에요! 그는 여기 이 자리에 누워요. 햇살이 들어오게 해놓고…….」

매그레는 마음속으로 마부가 누워 있는 곳으로 가서 송진을 바른 오른쪽 칸막이벽, 뒤틀린 못에 걸려 있는 채찍, 또 다른 못에 매달려 있는 주석 잔, 위쪽 널빤지들 사이로 드러나는 하늘 한 자락, 그리고 오른쪽으로 말들의 근육질 엉덩이를 보았다.

그 모든 것에서 동물의 열기가, 몇몇 포도 경작지의 떫은 포도주처럼 목에 턱턱 걸리는 곡절과 파란 많은 삶의 냄새가 풍겼다.

「그를 혼자 저기 놔둬도 될까요?」

그녀가 반장에게 바깥으로 따라오라는 신호를 보냈다. 수문은 전날과 똑같은 리듬으로 돌아가고 있었다. 주변에는 운하와는 딴판으로 활기 넘치는 도시의 도로들이 뻗어 있었다.

「아무래도 가망이 없겠죠, 아니에요? ……그가 무슨 짓을 했죠? 저한테는 말하셔도 돼요……. 하지만 전 말씀드릴 수가 없었어요, 이해하시죠? ……무엇보다 전 아는 게 없으니까요……. 한 번, 딱 한 번, 남편이 우연히 웃통을 벗고 있는 장을 봤어요. 문신을 봤죠. 몇몇 선원들이 하는 그런 문신이 아니었대요……. 우리도 지금 반장님이 가정하고 계실 그런 걸 가정했어요.

전 그래서 그를 더 좋아했던 것 같아요……. 저는 그가 아마 보이는 그대로의 그가 아닐 거라고, 자신을 감추고 있다고 생각했어요…….

세상 모든 금을 준다 해도 전 그에게 정체가 뭐냐고 다그치지 않았을 거예요. 혹시 그가 그 여자를 죽였다고 생각하시는 거 아니에요……? 만약 그가 그랬다면, 맹세하건대, 그럴 만했으니까 그랬을 거예요!

장, 저 사람은……」

그녀는 생각을 표현할 적당한 말을 찾았지만 끝내 찾아내지 못했다.

「아! 저기 제 남편이 일어났네요……. 제가 가서 좀 누우라고 보냈어요. 폐가 안 좋아서 늘 골골대거든요……. 반장님 생각에는 제가 푹 끓인 수프를 갖다 주면…….」

「의사들이 올 겁니다. 그동안은 그렇게 하는 게 낫겠지요…….」

「의사가 꼭 와야 하나요……? 그들은 장에게 고통만 주고, 마지막 순간을 망쳐 놓을 거예요…….」

「어쩔 수 없어요.」

「그는 저기, 우리와 함께 있는 걸 가장 편안해해요! ……잠시 자리를 비워도 될까요? 그를 괴롭히진 않으실 거죠?」

매그레는 고개를 끄덕여 그녀를 안심시키고는 마구간으로 들어갔다. 그는 주머니에서 걸쭉한 잉크로 적셔진 헝겊이 든 금속 상자를 꺼냈다.

마부에게 의식이 있는지 확인하는 것은 여전히 불가능했다. 그의 눈꺼풀이 살짝 열려 있었다. 거기서 생기 없는 평온한 눈길이 새어 나왔다.

하지만 그의 오른손을 들어 올려 손가락을 하나씩 헝겊에 대고 누르면서, 반장은 10분의 1초에 지나지 않는 찰나 동안 그의 얼굴에 또다시 미소의 그림자가 떠도는 것 같은 인상을 받았다.

반장은 종이에 지문을 찍고 마치 뭔가를 기대하기라도 하는 것처럼 잠시 죽어 가는 마부를 관찰했다. 이어 칸막이벽, 그리고 불안감을 드러내는 말들의 엉덩이를 향해 마지막 눈길을 던지고는 밖으로 나갔다.

선장과 아내가 키 옆에 앉아 반장 쪽을 바라보며 우유 탄 커피에 빵을 찍어 먹고 있었다. 라 프로비당스에서 5미터도 채 안 떨어진 곳에 서든 크로스가 정박해 있었다. 갑판에는 아무도 보이지 않았다.

매그레는 전날 놔둔 자전거를 가지러 수문으로 갔다. 10분 후 그는 경찰서에 도착했고, 오토바이 순경에게 부탁해 채취한 지문을 에페르네에 있는 블랭식 사진 자료 전송기[10]로 파리로 보내게 했다.

그는 병원 의사 둘을 대동하고 라 프로비당스로 돌아

---

10 1907년 에두아르 블랭Édouard Belin이 발명한 장치. 전화선을 통해 사진 등의 이미지를 전송할 때 사용되었다.

갔는데, 그들과 잠시 옥신각신해야 했다.

의사들은 부상자를 병원으로 데려가려고 했다. 당황한 브뤼셀 여자가 어찌할 바를 몰라 애원하는 눈길로 매그레를 쳐다보았다.

「데려가면 치료를 할 수는 있는 겁니까?」

「아뇨! 가슴이 으깨졌어요. 갈비뼈 하나가 오른쪽 폐를 파고들었고요…….」

「얼마나 살겠습니까?」

「다른 사람 같았으면 벌써 죽었을 겁니다! ……한 시간, 아니면 단 5분…….」

「그럼 그냥 두세요!」

늙은 마부는 움직이지도, 움찔하지도 않았다. 매그레가 선장 아내 앞을 지나가자, 그녀가 감사의 표시로 머뭇거리며 그의 손을 잡았다.

의사들이 불만 가득한 표정으로 선교를 내려갔다.

「마구간에서 죽어 가게 놔두다니……!」 그중 하나가 툴툴거렸다.

「뭐가 문제야! 여태껏 거기서 살아가게 잘도 놔뒀는걸…….」

그래도 반장은 바지선과 요트 근처에 순경 하나를 배치시키고 무슨 일이 생기면 즉시 알리라고 명령했다.

반장은 수문에서 디지의 카페 드 라 마린으로 전화를

걸었다. 카페 주인은 그에게 뤼카 형사가 금방 들렀고, 비트리르프랑수아로 가기 위해 에페르네에서 차 한 대를 빌렸다고 알려 주었다.

모처럼 시간이 많이 비었다. 라 프로비당스의 선장은 그 휴식 시간을 이용해 예인해 다니는 도선에 타르를 칠했고, 블라디미르는 서든 크로스의 구리들을 문질러 닦았다.

선장 아내는 주방에서 마구간으로 갑판 위를 끊임없이 오갔다. 한 번은 눈부시게 흰 베개를, 또 한 번은 김이 펄펄 나는 액체가 든 사발을 들고 갔다. 아마도 끓여 주겠다고 고집을 부렸던 수프인 것 같았다.

11시경, 뤼카가 반장이 기다리고 있는 호텔 드 라 마른에 도착했다.

「자네, 피곤하진 않고?」

「괜찮습니다! 반장님이 피곤하시겠네요……」

「그래, 좀 알아봤나?」

「별것 없었습니다! 모에서는 요트 때문에 소소한 추문이 일었다는 것 말고는 아무것도 안 나왔어요……. 음악과 노래 때문에 잠을 잘 수가 없었던 선원들이 다 부숴 버리겠다고 씩씩댔답니다.」

「라 프로비당스도 거기 있었고?」

「서든 크로스에서 채 20미터도 안 떨어진 곳에서 선적을 하고 있었답니다……. 하지만 특별한 건 전혀 눈에 띄지 않았다는군요.」

「파리에서는?」

「그 두 아가씨를 다시 만나 봤습니다. 이번에는 목걸이를 준 게 마리 램슨이 아니라 윌리 마르코였다고 털어놓더군요……. 호텔 측 사람도 윌리의 사진을 알아보고 그 사실을 확인해 줬습니다. 램슨 부인은 본 적이 없다더군요……. 확신할 수는 없지만, 리아 로벤슈타인이 말은 안 하려 해도 윌리와 그렇고 그런 사이였던 것 같습니다. 니스에서 이미 그를 도와준 적도 있고요…….」

「물랭에서는?」

「아무것도! 그 지역의 유일한 마리 뒤팽인 빵집 여주인을 만나 봤는데……. 악의라곤 없는 그 선량한 여자는 자신에게 왜 이런 일이 일어나는지 도무지 모르겠다고, 이번 일로 무슨 봉변이나 당하지 않을까 두렵다고 하소연을 하더군요……. 출생증명서는 8년 전에 발부한 건데, 3년 전에 새로운 담당자가 왔고 그 전에 일하던 사람은 작년에 사망했답니다. 옛 문서철을 뒤져 봤는데, 그 서류와 관련된 건 아무것도 찾을 수가 없었습니다…….」

잠시 침묵이 흐른 후, 뤼카가 물었다.

「반장님은요?」

「아직 모르겠네……. 전혀! ……한두 시간 후면 전모

가 밝혀지겠지만 말이야……. 디지에서는 뭐라고들 하던가?」

「서든 크로스가 요트가 아니었다면, 절대 떠나게 내버려 두지 않았을 거라고 하더군요. 마리 램슨이 대령의 첫 아내가 아니라고도 하고요.」

매그레는 입을 다물었다. 그는 뤼카를 이끌고 작은 도시의 거리들을 지나 전신 전화국으로 갔다.

「파리 경찰청 감식반 좀 대주시오…….」

마부의 지문이 실린 전송 자료는 약 두 시간 전에 파리 경찰청에 도착했을 터였다. 그때부터 관건은 운이었다. 등록된 8만 개의 지문 중에 그 지문과 일치하는 것을 바로 찾을 수도 있었고, 작업이 몇 시간 이상 걸릴 수도 있었다.

「자네도 수화기 하나 들게, 뤼카……. 여보세요! 누구십니까? ……브누아, 자넨가? 나, 매그레 반장이네……. 내가 보낸 거 받았나? ……뭐라고? 자네가 직접 찾았다고? 잠깐만…….」

그가 전화박스에서 나가 전신 전화국 사무실을 향해 걸어갔다.

「전화를 아주 오래 써야 할 것 같소! 그러니 어떠한 경우에도 통화를 끊지 말아 주시오…….」

다시 수화기를 들었을 때 그의 눈은 생기로 번뜩였다.

「우선 좀 앉게, 브누아. 나한테 서류 내용을 모조리 읽어 줘야 할 테니까……. 옆에 있는 뤼카 형사가 메모를 할 거야. 자, 시작하지…….」

그는 통화 상대자를 마치 바로 옆에 있는 것처럼 또렷하게 상상할 수 있었다. 철제 수납장에 프랑스의 모든 범죄자와 외국인 범죄자 상당수의 신상 카드가 보관되어 있는, 법원 꼭대기 층의 감식반 사무실을 훤히 꿰고 있었으니까.

「우선 그의 이름부터…….」

「장 에바리스트 다르샹보, 불로뉴 출생으로 올해 나이 쉰다섯…….」

매그레는 기계적으로 그런 이름이 등장한 사건이 없었는지 기억해 보려고 애썼다. 하지만 뤼카가 열심히 받아 적는 동안, 음절을 하나씩 또박또박 끊어 발음하던 브누아의 무심한 목소리가 다시 이어졌다.

「의학 박사……. 스물다섯 살 때 에탕프 출신의 셀린 모르네라는 여자와 결혼……. 공부를 했던 툴루즈에 정착……. 제법 요란스러운 생활……. 들리세요, 반장님?」

「아주 잘 들리네! 계속하게…….」

「신상 카드에는 거의 아무것도 안 나와 있어서 서류 전체를 훑어봤습니다……. 부부는 머지않아 빚투성이가 되고 맙니다……. 결혼 후 2년이 지난 스물일곱 살 때 다르샹보는 툴루즈로 부부와 같이 살러 왔다가 그들의 생활 방식을 꾸짖은 숙모, 쥘리아 다르샹보를 독살했다는 혐의로 고소당했습니다. 숙모는 엄청난 부자였고……. 다르샹보 부부가 유일한 상속자였습니다.

명백한 증거가 나오지 않았기 때문에 심리는 8개월 동안 지속되었습니다. 피고는 노파에게 처방한 약이 그 자체로는 독이 되지 않는다고, 단지 과감한 치료에 불과했다고 주장했습니다. 몇몇 전문가도 그를 지지했고요.

여러 차례 논쟁이 벌어졌습니다……. 보고서를 읽어 드리지 않아도 되겠습니까?

재판정은 소란스러웠고, 몇 차례나 정회를 선언해야 했습니다……. 사람들 대부분이 무죄로 석방이 될 거라고 믿었습니다. 특히 증언을 하러 나온 그의 아내가 남편은 결백하다고, 만약 그를 감옥에 보내면 자기도 따라갈 거라고 맹세한 후에는요…….」

「유죄를 선고받았나?」 매그레가 물었다.

「강제 노동 15년 형……. 잠깐만요! 여기 있는 서류는 이게 끝이고요……. 그래서 순경 하나를 내무부로 보냈는데……. 막 돌아왔네요…….」

그가 뒤에 있는 누군가에게 말하는 소리에 이어 종이 넘기는 소리가 들려왔다.

「여기 있네요! ……근데 별것은 아니에요. 생로랑뒤마

로니의 책임자는 다르샹보를 감화원에 있는 병원 중 하나에서 일을 시키고 싶어 했습니다. 근데 그가 거절했어요……. 평가는 좋아요. 고분고분한 노역자……. 그를 끌어들인 동료 죄수 열다섯 명과 딱 한 번 탈옥을 시도했고요…….

5년 후, 새 책임자가 다르샹보를 구제해 보려고 시도하는데, 곧 보고서 여백에 사람들이 데려온 그 강제 노역자에게는 예전의 지식인은커녕, 일정 수준의 교육을 받은 사람을 떠올리게 하는 것조차 없다고 기록하고 있습니다…….

어떻습니까, 수사에 도움이 되겠습니까……?

그는 생로랑 병원 간호사로 배치됐는데, 스스로 감화원으로 되돌려 보내 달라고 간청합니다…….

성품이 온화하고 고집이 세며 말수가 적다고 되어 있습니다. 그의 경우에 흥미를 느낀 의사 하나가 정신적인 관점에서 그를 검사하는데, 명백한 진단을 내놓지는 못합니다…….

의사가 붉은색 잉크로 밑줄을 그어 강조해 놓은 것을 보면, 과도한 육체노동과 병행하여 지적 능력이 점진적으로 소멸한 경우라고 되어 있습니다.

다르샹보는 두 차례 절도를 범하는데, 두 번 다 훔친 것이 양식입니다. 두 번째는 동료 죄수의 것을 훔쳤는데,

화가 난 그 동료가 날카롭게 간 규석으로 그의 가슴을 그어 상처를 입힙니다…….

방문 기자들이 그에게 사면을 요청하라고 충고하지만 전혀 귀를 기울이지 않습니다.

15년 형을 마치고도 유형자로 남게 된 그는 한 제재소에 머슴으로 들어가 말들을 돌봅니다.

마흔다섯 살에 드디어 자유의 몸이 됩니다. 그러고는 행방이 묘연해집니다…….」

「그게 단가?」

「서류를 보내 드릴 수도 있습니다. 대략적인 개요만 읽어 드렸거든요.」

「그의 아내에 대한 정보는 없나? ……그녀가 에탕프에서 태어났다고 했지, 안 그런가? ……고맙네, 브누아…….서류를 발송할 필요는 없네……. 자네가 말해 준 걸로도 충분하니까…….」

뤼카를 이끌고 전화박스에서 나왔을 때 그는 땀에 흠뻑 젖어 있었다.

「에탕프 시청에 전화를 걸어 보게. 셀린 모르네가 죽었다면 기록이 남아 있을 걸세. 적어도 그 이름으로 죽었다면 말이야……. 물랭에 연락해서 마리 뒤팽에게 에탕프에사는 친척이 있는지도 알아보고…….」

매그레는 주머니에 손을 찌른 채 아무것도 보지 않고

도시를 가로질렀다. 승개교가 올라가 있어서 그는 운하 가장자리에서 5분 동안 기다려야만 했다. 짐을 잔뜩 실은 바지선 한 척이 편편한 배로 운하 바닥을 긁으며 힘겹게 나아갔다. 그 바람에 진흙이 공기 거품과 함께 부글거리며 수면으로 떠올랐다.

라 프로비당스 앞에 도착한 그는 예인로에 배치해 둔 순경에게 다가갔다.

「이제 그만 가보게…….」

그는 요트 갑판에서 서성대고 있는 대령을 보았다.

바지선 선장 아내가 아침에 봤을 때보다 훨씬 동요된 모습으로 달려왔다. 뺨에 팬 눈물 고랑이 번들거렸다.

「너무 끔찍해요, 반장님…….」

매그레의 얼굴이 창백해졌다. 그가 굳은 표정으로 물었다.

「죽었소?」

「아뇨! 그런 말씀 마세요……. 조금 전에 저 혼자 그의 곁을 지켰어요. 왜냐하면 그가 제 남편도 좋아했지만 절더 좋아했거든요…….

제가 훨씬 어리긴 하지만……. 그래요! 그래도 그는 절약간은 엄마처럼 여겼어요…….

몇 주 동안 말 한 마디 안 나눈 적도 있었어요……. 다만…… 예를 하나 들어 볼게요! ……남편은 제 생일을 거의 대부분 잊어버려요. 생트오르탕스 축일요. 그런데 장은 8년 전부터 한 번도 빼먹지 않고 저에게 꽃을 선물했어요……. 가끔 우리가 시골 한구석에 있을 때는 그가 어디 가서 꽃을 구해 오는지 궁금하기도 했답니다…….

제 생일날 그는 말 눈가리개에 꽃 장식을 해줬어요…….

그래서…… 전 그의 곁에 앉았어요. 그의 마지막 시간이 될지도 모르니까요……. 남편은 그렇게 오랫동안 갇혀 있는 데 익숙하지 않은 말들을 꺼내 오고 싶어 했어요.

제가 못하게 했어요. 장이 그 말들도 곁에 두고 싶어 할 거라고 확신하거든요…….

전 그의 두툼한 손을 잡았어요……」

그녀는 울고 있었다. 하지만 소리 내어 흐느끼지는 않았다. 그녀는 발갛게 달아오른 뺨 위로 닭똥 같은 눈물을 흘리며 말을 계속했다.

「어떻게 그렇게 됐는지는 저도 모르겠어요……. 우린 아이가 없어요……. 법적으로 자격이 되는 나이가 되면 하나 입양하기로 늘 마음을 먹고 있긴 했지만…….

전 그에게 아무것도 아니라고, 곧 나을 거라고, 여름에 경치가 아주 좋은 알자스로 가는 운송 일거리를 하나 찾아보겠다고 말했어요…….

전 그의 손가락이 내 손가락을 꽉 움켜쥐는 걸 느꼈어요……. 차마 그렇게 꽉 쥐면 아프다고 말할 순 없었어요…….

바로 그때 그가 말을 하고 싶어 했어요…….

반장님은 이해하시겠어요? 장 같은 사람이, 어제만 해도 저 말들처럼 튼튼했던 사람이……. 그가 입을 열었어요. 얼마나 용을 썼는지 핏줄들이 온통 보라색으로 변하고 관자놀이에서는 툭툭 불거져 올라왔어요…….

그리고 전 짐승의 외침 같은 걸걸한 소리를 들었어요…….

전 그에게 그냥 가만히 있으라고 애원했어요. 하지만 그가 고집을 부렸어요……. 어떻게 했는지는 모르겠는데, 그가 짚 위에 앉았어요. 그러고는 계속 입을 열었죠.

입에서 피가 나와 턱으로 흘렀어요…….

전 남편을 부르려고 했어요. 하지만 장이 계속 날 잡고 있었어요……. 전 더럭 겁이 났죠…….

반장님은 그거 상상도 못하실 거예요……. 전 이해해 보려고 애썼어요. 전 물어봤어요…….

〈마실 거 줄까? ……아냐? 그럼 가서 누굴 데려올까?〉

장은 아무 말도 할 수 없어 너무나 절망스러워했어요! ……전 그가 무슨 말을 하고 싶어 하는지 짐작해야 했어요. 그래서 찾아봤어요…….

말해 보세요! 그가 저에게 뭘 요구할 수 있었을까요? 목 안 어딘가 찢어진 저런 상태에서……. 전 모르겠어요…….

출혈이 있었고, 그가 결국 이를 악문 채 하필이면 부러

176

진 팔을 깔고 다시 누웠어요……. 분명히 많이 아팠을 텐데 마치 아무것도 못 느끼는 것 같았어요.

그는 앞만 똑바로 쳐다봤어요…….

너무…… 너무 늦기 전에 뭘 해주면 그가 좋아할지 알 수만 있다면 뭐든지 내놓겠어요……」

매그레는 소리 내지 않고 마구간으로 걸어가 열린 널빤지를 통해 들여다보았다.

그 광경은 의사소통을 할 방법이 전혀 없는 짐승의 임종만큼이나 가슴 아프고 처참했다.

마부는 몸을 둥글게 만 채 웅크리고 있었다. 그가 뽑아버렸는지, 간밤에 의사가 상체에 둘러 준 깁스 일부가 떨어져 나가고 없었다.

그가 숨을 쉴 때 나는 휘파람 같은 소리가 아주 간간이 들려왔다.

말들 중 하나의 다리가 묶어 놓은 줄에 걸렸지만, 뭔가 엄숙한 일이 벌어지고 있다는 것을 눈치라도 챈 것처럼 가만히 있었다.

매그레 역시 망설였다. 그는 디지의 마구간 짚단 아래 묻혀 있다 발견된 여자를, 이어 추운 날 아침 운하에 떠다니던, 사람들이 장대로 끄집어내리려고 애썼던 윌리의 시신을 떠올렸다.

그의 손이 주머니 속에서 프랑스 요트 클럽 배지와 소

매 단추를 만지작거렸다.

그는 또한 수사 판사에게 보일 듯 말 듯 고개를 까닥여 인사하고는 전혀 떨리지 않는 목소리로 여행을 계속할 수 있도록 허락해 달라고 요구하던 대령을 떠올렸다.

에페르네의 시체 안치소, 은행 지하 금고처럼 벽이 금속 보관함들로 도배되어 있는 냉동실에서 시체 두 구가 각자 번호가 붙은 함 속에 누워 기다리고 있었다.

그리고 파리에서는 잘 먹지 않는 분을 바른 아가씨 둘이 은근한 불안에 휩싸인 채 바에서 바로 전전하고 있을 터였다.

뤼카 형사가 도착했다.

「어떻게 됐나?」 매그레가 멀리서 그에게 외쳤다.

「셀린 모르네는 다르샹보와 결혼하는 데 필요한 서류를 요청한 날 이후로는 살았는지 죽었는지 에탕프에는 소식 한 자 없었답니다……」

형사가 호기심 어린 표정으로 반장을 관찰했다.

「무슨 일 있으세요?」

「쉿!」

하지만 뤼카가 아무리 주변을 둘러봐도 사람을 약간이라도 동요시킬 만한 것은 전혀 눈에 띄지 않았다.

그러자 매그레는 그를 마구간 널빤지까지 데리고 가 짚 위에 누워 있는 형체를 가리켰다.

선장 아내는 그들이 뭘, 어떻게 할지 궁금해하고 있었다. 지나가던 모터선에서 목소리 하나가 쾌활하게 외쳤다.

「뭐야? ……고장이야?」

그녀가 이유도 모른 채 또다시 울기 시작했다. 남편이 한 손에는 타르 양동이, 한 손에는 붓을 든 채 배로 올라와 뒤편에서 외쳤다.

「부엌에서 뭔가가 타고 있어…….」

그녀가 기계적으로 부엌으로 달려갔다. 매그레는 어쩔 수 없다는 듯 뤼카에게 말했다.

「내려가세…….」

말 한 마리가 약하게 힝힝거렸다. 마부는 움직이지 않았다.

반장은 지갑 속에 든 죽은 여자의 사진을 집었지만, 꺼내 보지는 않았다.

10
두 명의 남편

「내가 하는 말 잘 들어, 다르샹보……」

매그레는 마부의 얼굴을 유심히 살피며 선 채로 이렇게 말했다. 그는 자기도 모르게 주머니에서 파이프를 꺼냈지만, 채울 생각을 하지는 않았다.

마부의 반응이 그가 기대했던 게 아니기 때문이었을까? 어쨌든 그는 마구간 긴 의자에 털썩 주저앉아 두 손으로 턱을 감싼 채 몸을 앞으로 기울이고는, 다른 어조로 다시 말했다.

「들어 보시오. 용을 쓰진 말고……. 당신이 말을 할 수 없다는 건 나도 아니까……」

짚 위를 스치는 엉뚱한 그림자가 그로 하여금 고개를 들게 했다. 그는 바지선 갑판 위, 열어젖힌 널빤지 가장자리에 서 있는 대령을 보았다.

영국인은 움직이지 않았다. 그는 세 사람의 머리보다

높은 곳에 발을 디디고 서서, 위에서 아래로 마구간 안의 광경을 눈으로 계속 좇았다.

뤼카는 마구간의 협소함이 허락하는 한 멀찌감치 떨어져 서 있었다. 신경이 좀 더 날카로워진 매그레가 말을 이었다.

「당신을 여기서 데리고 나가진 않을 거요……. 무슨 말인지 알겠소, 다르샹보? 나도 조금 있다 물러갈 거고……. 오르탕스 부인이 날 대신할 거요.」

정확하게 무엇 때문인지 말할 순 없었지만, 그 광경은 가슴을 에듯 비장했다. 매그레 역시 자기도 모르게 거의 브뤼셀 여자만큼이나 부드럽게 말을 했다.

「우선 내가 던지는 몇 가지 질문에 당신이 눈을 깜빡여 대답해 줘야겠소. 여러 사람이 곧 피소되어 체포당할 수도 있소……. 그건 당신이 원하는 게 아니잖소, 안 그렇소? ……그러니까 이제 당신이 나에게 진실을 확인해 줘야 하오.」

반장은 말을 하면서 끊임없이 사내를 살폈고, 그 순간 자기 앞에 있는 것이 예전의 박사인지, 고집스러운 도형수인지, 멍청한 마부인지, 아니면 끝으로 분을 참지 못해 마리 램슨을 살해한 범인인지 자문해 보았다.

몸의 윤곽은 거칠었고, 생김새는 투박했다. 하지만 눈에는 모든 아이러니가 배제된 새로운 표정이 담겨 있지 않은가?

한없이 슬픈 표정.

장은 두 차례에 걸쳐 말을 하려고 시도했다. 하지만 두 번 다 짐승의 신음과 유사한 소리만 날 뿐이었다. 피가 섞인 침이 죽어 가는 자의 입가에 맺혔다.

매그레의 눈에는 대령의 다리 그림자가 계속 밟혔다.

「예전에 도형장으로 끌려갔을 때, 당신은 아내가 약속을 지킬 거라고, 그녀가 당신을 따라 그곳으로 올 거라고 확신하고 있었소……. 당신이 디지에서 살해한 게 바로 그녀요!」

소스라침조차 없었다! 아무것도! 마부의 얼굴이 잿빛으로 변해 갔다.

「그녀는 오지 않았고…… 당신은 용기를 잃었소. 당신은 모든 것을, 당신의 개성까지 잊어버리고 싶었소……」

매그레는 초조함에 사로잡힌 것처럼 점점 더 빨리 말을 했다. 그는 서둘러 끝내고 싶었다. 무엇보다 그 참혹한 심문이 채 끝나기도 전에 장이 숨을 거두는 것을 보게 될까 봐 두려웠다.

「당신은 완전히 다른 사람이 되었을 때 우연히 그녀를 다시 만났던 거요……. 모에서……. 안 그렇소?」

마침내 고분고분해진 마부가 긍정의 표시로 눈꺼풀을 내리감을 때까지 한참을 기다려야만 했다.

대령의 다리 그림자가 움찔했다. 모터선이 스쳐 지나가는 바람에 바지선이 잠시 흔들렸다.

「그녀는 예전 그대로 남아 있었소, 그녀는……! 예쁘고…… 애교 넘치고! 쾌활하고! ……그들이 요트 갑판 위에서 춤을 췄소. 당신은 처음에는 그녀를 죽일 생각이 없었소. 죽이려 했다면, 그녀를 디지까지 데려올 필요조차 없었을 테니까…….」

죽어 가는 자가 아직 듣고 있기나 했을까? 그처럼 누운 자세에서는 머리 바로 위에 있는 대령이 분명히 보였을 것이다. 하지만 그의 눈은 아무것도 표현하지 않았다! 적어도 그들이 이해할 수 있는 한은 아무것도.

「그녀는 어디든 당신을 따라가겠다고 맹세했었지. 당신은 한때 도형장에 있었고…… 그때는 마구간에서 지내고 있었소……. 갑자기 당신에게 그녀를 있는 그대로, 그녀의 보석, 분 바른 얼굴, 하얀 원피스와 함께 다시 데려가자는 생각이, 마구간에서 당신과 함께 지내게 만들자는 생각이 떠올랐소……. 안 그렇소, 다르샹보?」

눈꺼풀은 깜빡이지 않았다. 하지만 가슴이 부풀어 올랐다. 또다시 힘겨운 헐떡거림. 차마 더 이상 지켜보고 있을 수 없었던 뤼카가 구석에서 몸을 움직였다.

「바로 그거요! 느낌이 온다고!」 매그레는 아찔한 현기증에 사로잡힌 것처럼 점점 더 빨리 말을 했다. 「다르샹보 박사를 거의 잊어버렸던 마부 장은 한때 아내였던 여자 앞에서 예전의 추억들, 충동들을 되찾았던 거요……. 그리고 묘한 복수가 구상되었소. ……복수? 복수랄 것도 없지! 평생 나의 것이 될 거라고 약속했던 여자를 자기 수준으로 끌어내리고 싶은 모호한 욕구랄까…….

마리 램슨은 자진해서 이 마구간에 숨어 사흘을 지냈소…….

무서웠으니까……. 자신에게 따라오라고 명령한 자, 긴 세월이 지난 후에 돌아온 자가 무슨 짓이든 할 것 같아 두려웠으니까! 자신이 저지른 비열한 행동을 의식하고 있었던 만큼 더욱 두려웠을 거요…….

그녀는 자기 발로 왔소. 그리고 장, 당신은 그녀에게 쇠고기 가공식품과 싸구려 포도주를 갖다 줬고……. 당신은 마른 강을 따라 끝없는 행군을 한 후에 마구간에서 그녀와 이틀 밤을 보냈소. 그러다 디지에 이르자…….」

죽어 가는 마부가 또다시 용을 썼다. 하지만 그에게는 힘이 없었다. 그가 기력이 다한 듯 다시 축 늘어졌다.

「그녀가 반항을 했을 거요. 그런 생활을 더 이상 견딜 수 없었을 테니까……. 그러자 격분에 사로잡힌 당신은 그녀를 또다시 떠나게 내버려 두느니 차라리 목 졸라 죽이고 말았지. 그러고는 시신을 수문 마구간에 옮겨 놨고……. 내 말이 맞소?」

반장은 그 질문을 다섯 차례나 반복해야 했다. 결국 눈꺼풀이 움직였다.

〈그렇소…….〉 눈꺼풀이 담담하게 대답했다.

갑판에서 가벼운 소리가 났다. 대령이 다가오려는 선장 아내를 쫓았다. 그의 비장한 표정에 주눅이 든 그녀가 순순히 물러갔다.

「예인로……. 또다시 운하를 따라 이어지는 당신의 생활……. 하지만 당신은 불안했소. 두렵기도 했고. 왜냐하면 당신 역시 죽는 게 무서웠으니까, 장……. 당신은 또다시 붙잡혀 가는 게……. 도형장이 두려웠소……. 무엇보다 말들을, 마구간을, 짚단을, 당신의 세상이 되어 버린 그 좁은 공간을 떠나야 할까 봐 말할 수 없이 두려웠소. 그래서 어느 날 밤 당신은 한 수문지기의 자전거를 훔쳐 탔지. 내가 그에 대해 물었고…… 당신은 내가 의심한다는 걸 알아차렸소.

당신은 내 의심을 따돌리기 위해 뭔가를, 무엇이든 할 생각을 품고 디지를 배회하러 왔소……. 내 말이 맞소……?」

장은 이제 죽은 게 아닌가 싶을 정도로 절대적인 평온함을 보였다. 모든 게 지겹다는 표정이었다. 그럼에도 그의 눈꺼풀이 다시 한 번 감겼다.

「당신이 도착했을 때, 서든 크로스에는 불이 켜져 있지 않았소. 당신은 모두가 잠들었다고 생각했소. 갑판에 말리려고 내놓은 선원 모자가 눈에 띄었지……. 당신은 그 걸 집어 들었소. 그러고는 짚단 속에 감추려고 마구간으로 갔소. 그것이 수사의 흐름을 바꿀 수 있는, 수사를 요트 탑승객 쪽으로 유도할 수 있는 방법이었으니까…….

당신은 홀로 바깥에 나와 있던 윌리 마르코가 당신이 베레모를 집어 드는 것을 보고 미행했다는 사실을 알 수가 없었소……. 그는 마구간 문에서 당신이 나오기를 기다렸소. 그때 거기서 그의 소매 단추가 떨어졌던 거요…….

호기심이 인 그는 당신이 자전거를 놔둔 돌다리로 돌아가는 동안에도 계속 당신을 미행했소…….

그가 당신을 불러 세운 거요? 아니면 당신이 뒤쪽에서 나는 소리를 들은 거요?

어쨌든 격투가 벌어졌고……. 당신은 이미 마리 램슨을 목 졸라 죽인 그 무시무시한 손가락으로 그를 살해했소. 그리고 그의 시신을 운하까지 끌고 갔지.

그런 다음, 당신은 아마 고개를 숙이고 걸었을 거요……. 그러다 길에서 반짝거리는 뭔가를, 프랑스 요트 클럽 배지를 본 거요……. 그 배지가 누군가의 것이라는 사실을 아는 당신은, 어쩌면 대령의 단춧구멍에서 그걸 본 적이 있는 당신은 만일을 생각해서 배지를 격투가 벌어졌던 곳에 던져 뒀소……. 대답해 보시오, 다르샹보……. 일이 그렇게 됐던 거요?」

「고장이라도 난 거야, 라 프로비당스……?」 누군가 또 다시 물었다. 바지선이 너무 가까이 지나가는 바람에 마구간 널빤지 높이로 미끄러지는 한 선원의 머리가 보였다.

그때 사람들을 당혹케 하는 묘한 일이 벌어졌다. 장의 두 눈이 축축하게 젖는가 싶더니, 모든 것을 인정하기 위해서인 양, 어서 끝내기 위해서인 양 그가 눈꺼풀을 아주 빨리 깜빡거렸다. 그는 배 뒤편에서 서성대던 선장 아내가 선원에게 대답하는 소리를 들었다.

「장이 많이 다쳤어…….」

매그레가 벌떡 일어서며 말했다.

「어제저녁, 내가 당신 장화를 검사했을 때, 당신은 내가 필연적으로 진실에 도달하게 되리라는 것을 깨달았소……. 당신은 수문의 소용돌이 속에 몸을 던져 스스로 목숨을 끊으려 했소.」

마부의 상태가 너무 안 좋았고, 숨 쉬는 것조차 힘들어했기 때문에 반장은 그의 대답을 기다리지도 않았다. 그는 뤼카에게 신호를 보내고 마지막으로 주변을 둘러보았다.

마구간으로 빛 한 줄기가 비스듬히 들어와 마부의 왼쪽 귀와 말들 중 하나의 발굽을 비췄다.

더 이상 덧붙일 말이 없었던 두 형사가 나가는 순간, 장이 격하게, 고통 따윈 신경 쓰지 않은 채, 다시 한 번 말을 하려고 시도했다. 그가 광기 어린 눈을 하고 반쯤 몸을 일으켰다.

매그레는 당장은 대령을 못 본 척했다. 그는 멀리서 그를 관찰하고 있는 여자를 부르는 손짓을 했다.

「어떻게 됐어요? 그는 좀 어때요?」 그녀가 물었다.

「가서 곁을 지켜요……」

「그래도 돼요……? 이젠 더 이상 사람들이 그를……」

그녀는 감히 말을 끝맺지 못했다. 홀로 외로이 죽는 것이 두려운 듯 누군가를 부르는 장의 불분명한 절규를 들은 그녀의 몸이 잠시 돌처럼 굳었다.

곧이어 갑자기 그녀가 마구간을 향해 달려갔다.

블라디미르는 흰색 모자를 비스듬히 쓰고 담배를 꼬나문 채 닻을 감아올리는 요트 캡스턴 위에 앉아 밧줄을 꼬아 잇고 있었다.

순경 하나가 둑 위에서 기다리고 있었다. 매그레가 바지선에서 그에게 물었다.

「뭔가?」

「물랭에서 온 답장입니다……」

순경이 건넨 쪽지에는 간단하게 이렇게만 적혀 있었다.

빵집 여주인 마리 뒤팽 말로는 에탕프에 셀린 모르네라는 이름을 가진 친척이 있다고 함.

매그레는 대령을 발끝에서 머리끝까지 훑어보았다. 대령은 넓은 방패 꼴 기장이 박힌 흰색 챙 모자를 쓰고 있었다. 그의 눈은 거의 암울해 보이지 않았다. 이는 그가 위스키를 비교적 덜 마셨다는 것을 뜻했다.

「당신도 라 프로비당스를 의심했습니까?」 그가 대령에게 느닷없이 물었다.

너무나 명백한 바였다! 요트 탑승객들이 수상쩍지만 않았다면, 매그레 역시 진작 그 바지선을 의심하지 않았겠는가?

「왜 나한테는 아무 말도 안 했죠?」

대답은 디지에서 램슨 경과 수사 판사가 나눈 대화에 걸맞은 것이었다.

「내가 직접 하고 싶었소…….」

경찰에 대한 대령의 경멸감을 표현하기에 충분한 대답이었다.

「내 아내는……?」 대령이 거의 곧바로 물었다.

「당신이 말한 것처럼, 윌리 마르코가 말한 것처럼, 그녀는 매력적인 여자였습니다…….」

매그레는 비꼬지 않고 말했다. 게다가 그는 그 대화보다는 마구간에서 들려오는 소리에 더 주의를 기울이고 있었다.

오로지 한 목소리의 억눌린 속삭임, 아픈 아이를 달래는 것 같은 선장 아내의 속삭임이 들려왔다.

「그녀는 다르샹보와 결혼했을 때부터 이미 사치를 탐했어요. 가난한 의사였던 다르샹보는 아마 그녀를 위해 숙모가 죽게끔 도와줬을 겁니다. 그녀가 공범이었다는 말은 아닙니다. 그녀를 위해 한 일이었다는 얘기죠……! 그녀도 이를 너무나 잘 알고 있었기에 중죄 재판소에서 그를 따라가겠다고 맹세를 했던 거고요.

매력적인 여자……. 그건 영웅적인 여자와 같은 게 아닙니다. 그녀는 삶에 대한 애착이 더 강했어요……. 당신도 그걸 이해해야 합니다, 대령……」

볕이 나고 바람이 부는 동시에 위협적인 구름들이 몰려왔다. 곧 소나기가 한바탕 쏟아질 수도 있었다. 빛이 이도 저도 아닌 애매한 색깔을 띠었다.

「죄수가 도형장에서 돌아오는 경우는 아주 드물죠! ……그녀는 예뻤어요. 모든 기쁨이 손 닿는 곳에 있었고요. 불편한 것은 성(姓)밖에 없었죠……. 그래서 코트다쥐르에서 그녀와 결혼할 준비가 되어 있는 첫 구혼자를 만났을 때, 그녀는 기억에 남아 있는 사촌의 출생증명서를 물랭에 신청할 생각을 해냈어요…….

쉬운 일이죠! 너무 쉽다 보니 지금 신생아의 지문을 떠서 호적부에 찍는 방안이 논의되고 있을 정도죠…….

그녀는 이혼을 했고……. 당신의 아내가 되었습니다.

매력적인 여자……. 확신하건대, 성격이 고약하지도 않았을 겁니다. 하지만 그녀는 삶을 사랑했죠, 안 그렇습니까? 그녀는 젊음, 사랑, 사치를 사랑했어요…….

아마 가끔은 다시 피어오른 불꽃같은 것이 설명할 수 없는 가출을 하도록 그녀를 부추겼겠죠…….

전 그녀가 위협보다는 용서받고자 하는 욕구 때문에 장을 따라갔을 거라고 확신합니다.

첫날, 그녀는 고약한 냄새가 풍기는 그 배의 마구간에 숨어, 속죄를 한다는 생각에 희미한 만족감을 맛보았을 겁니다…….

예전에, 그녀가 배심원들에게 남편을 따라 도형장이 있는 프랑스령 기아나로 가겠다고 외쳤을 때 느꼈던 것과 같은 것을.

처음에는 늘 선하고, 나아가 과장된 움직임을 보여 주는 매력적인 존재들……. 그들은 선의로 가득해요…….
다만, 삶은 훨씬 더 강력하죠. 그 비루함, 타협, 어쩔 수 없는 욕구들은…….」

매그레는 마구간에서 나는 소리를 끊임없이 염탐하며 격한 어조로 말을 하는 동시에 눈으로는 수문을 드나드는 배들의 움직임을 쫓았다.

대령은 반장 앞에 고개를 숙이고 서 있었다. 고개를 든 그는 명백한 호의, 심지어 억제된 감동이 담긴 눈길로 매그레를 쳐다보았다.

「가서 한잔하겠소?」 그가 요트를 가리키며 청했다.

뤼카 형사는 멀찌감치 서 있었다.

「와서 알려 주겠나?」 반장이 그에게 외쳤다.

그들 사이에는 설명이 필요 없었다. 형사는 무슨 말인지 이해했고, 홀로 남아 말없이 마구간 주위를 배회했다.

서든 크로스는 마치 아무 일도 없었던 것처럼 말끔하게 정리되어 있었다. 선실의 마호가니 칸막이벽에는 먼지 한 점 없었다.

테이블 중앙에 위스키 병, 사이펀 병, 그리고 잔이 몇 개 놓여 있었다.

「나가 있게, 블라디미르!」

매그레가 받은 인상은 새로웠다. 그는 이제 진실의 조각을 찾기 위해 그곳에 들어가는 게 아니었다. 그의 움직임은 덜 무겁고, 덜 거칠었다.

그리고 대령은 수사 판사 클레르퐁텐 드 라니를 대했던 것처럼 그를 대했다.

「그는 죽겠죠, 안 그렇습니까?」

「예, 머잖아! ……그는 어제부터 그걸 알았습니다.」

탄산수가 사이펀 병에서 솟아올랐다. 램슨 경이 엄숙

하게 말했다.

「건강을 위해……!」

매그레는 대령만큼이나 벌컥벌컥 마셨다.

「그가 왜 병원을 탈출했을까요……?」

대화의 리듬은 느렸다. 반장은 대답하기 전에 주위를 둘러보며 선실 내부를 꼼꼼히 관찰했다.

「왜냐하면…….」

대령이 벌써 또다시 잔들을 채우는 동안, 그는 할 말을 찾았다.

「매인 곳이 없는 사람…… 자신의 과거, 자신의 예전 개성과 모든 연을 끊어 버린 사람…… 그런 사람도 뭔가를 붙잡고 매달려야 합니다! 그에게는 마구간…… 냄새…… 말들…… 날이 저물 때까지 걸으러 나가기 전, 새벽 3시에 마시는 펄펄 끓는 커피가 있었습니다……. 그의 둥지가 말입니다! 그만의 구석진 공간…… 짐승의 열기로 가득한…….」

매그레는 대령의 눈을 똑바로 쳐다보았다. 대령이 슬그머니 고개를 돌렸다. 반장이 잔을 집으며 덧붙였다.

「온갖 종류의 둥지들이 있죠……. 개중에는 위스키, 화장수, 그리고 여자 분 냄새가 나는 곳도 있고요. 축음기에서 흘러나오는 가락들과 함께…….」

그는 잔을 비우기 위해 입을 다물었다. 그가 다시 고개를 들었을 때 대령은 이미 석 잔째를 비우고 있었다.

램슨 경은 크고 흐릿한 눈으로 반장을 쳐다보고는 병을 내밀었다.

「고맙지만 됐습니다……」 매그레가 사양했다.

「예스! 난 필요합니다……」

그의 눈길에 담긴 건 애정이 아니었을까?

「내 아내…… 윌리……」

바로 그 순간, 날카로운 생각 하나가 반장의 뇌리를 관통했다. 램슨 경 역시 마구간에서 죽어 가고 있는 장만큼이나 외롭고 당혹스러운 건 아닐까?

마부 곁에는 말들과 엄마 같은 브뤼셀 여자라도 있었다.

「드세요! ……예스! 나는 요구합니다……. 당신은 신사입니다……」

대령은 거의 애원하다시피 했다. 그가 약간의 수치심이 담긴 눈길로 술병을 내밀었다. 블라디미르가 갑판에서 서성대는 소리가 들려왔다.

매그레가 빈 잔을 내밀었다. 그런데 누가 문을 두드렸다. 뤼카가 문밖에서 불러 댔다.

「반장님……!」

문이 열리자마자 그가 덧붙였다.

「끝났습니다……」

대령은 움직이지 않았다. 그는 두 사람이 침통한 표정을 지으며 멀어지는 것을 바라보았다. 매그레가 돌아봤을 때, 대령은 그가 막 따라 준 잔을 단숨에 비우고 있었다. 대령이 외치는 소리가 들려왔다.

「블라디미르……!」

흐느끼는 소리가 둑까지 들렸기 때문에 라 프로비당스 근처에는 이미 사람들이 모여 웅성대고 있었다.

선장 아내 오르탕스 카넬은 이미 몇 분 전에 숨을 거둔 장 곁에 무릎을 꿇고 앉아 나지막이 말을 하고 있었다.

그녀의 남편은 갑판 위에서 이제나저제나 반장이 도착하기만을 기다리고 있었다. 비쩍 마른 그가 흥분을 감추지 못한 채 반장을 향해 깡충깡충 뛰어와서는 불안한 목소리로 속삭였다.

「이제 어떻게 해야 하죠……? 그가 죽었어요! ……제 아내는…….」

매그레가 평생 잊지 말아야 할 이미지였다. 그가 위에서 내려다본, 말 두 마리로도 꽉 차는 마구간 안, 짚 속에 머리를 반쯤 파묻은 채 거의 둥글게 말려 있는 몸 하나. 그리고 온통 햇빛을 받아 반짝이는 브뤼셀 여자의 금발. 그녀는 나지막이 흐느끼며 때때로 이렇게 되뇌었다.

「내 불쌍한 장…….」

마치 장이 의사들을 당황케 한, 고릴라 체격에 돌처럼 단단한 노인이 아니라 연약한 어린아이였던 것처럼.

11

추월

아무도 알아차리지 못했다. 매그레를 제외하고는.

장이 사망하고 두 시간 후, 사람들이 시신을 들것에 실어 대기 중인 자동차로 옮기는 동안, 눈은 붉게 충혈되어 있었지만 품위로 가득한 거동을 견지하며 대령이 물었다.

「그들이 나에게 매장 허가증을 내줄 거라고 생각하십니까?」

「내일 바로……」

5분 후, 블라디미르가 평소의 정확한 동작으로 닻줄을 풀었다.

디지를 향해 가는 배 두 척이 비트리르프랑수아 수문 앞에서 대기하고 있었다.

첫 번째 배가 장대에 밀려 이미 갑실로 향하고 있는데, 요트가 그 배를 스쳐 지나 둥근 선수를 감아 돌아서는 먼저 열린 수문 안으로 들어갔다.

항의가 빗발쳤다. 선원이 수문지기에게 자기 차례였다고, 당국에 고소를 하겠다고, 어디 두고 보라고 **빽빽** 소리를 질러 댔다.

하지만 흰색 챙 모자, 장교 제복 차림의 대령은 아예 돌아보지도 않았다.

그는 구리 타륜 앞에 서서 무심한 표정으로 앞만 똑바로 주시했다.

갑문들이 다시 닫히자, 블라디미르가 요트에서 내려 서류와 전통적인 팁을 건넸다.

「빌어먹을! 요트들은 지 맘대로라니까! 수문을 지날 때마다 10프랑만 집어 주면……」 마부 하나가 투덜거렸다.

비트리르프랑수아 위쪽 수로는 배로 붐볐다. 장대에 밀려 차례를 기다리는 배들 사이를 빠져나가는 것조차 거의 불가능해 보였다.

하지만 갑문이 열리자마자, 요트 스크루 주변의 물이 부글부글 끓어올랐다. 대령은 무심한 동작으로 클러치를 넣었다.

서든 크로스는 순식간에 전속력을 냈고, 비명과 항의가 쏟아지는 가운데 무거운 운반선들을 스쳐 지나갔다. 단 한 대도 건드리지 않고.

2분 후, 요트는 모퉁이를 돌아 사라졌다. 매그레 반장이 곁에 있는 뤼카에게 말했다.

「저 사람들 둘 다 만취 상태야!」

아무도 눈치채지 못했다. 챙 모자 중앙에 금으로 된 큼직한 방패 꼴 기장을 단 대령은 단정하고 품위가 있었다.

푸른색 가로 줄무늬 저지에 군모를 똑바로 쓴 블라디미르도 흐트러진 동작 한 번 하지 않았다.

다만, 졸중 체질이 엿보이는 램슨 경의 목은 시퍼렇게 질려 있었고, 얼굴은 병적으로 창백했으며, 눈 밑은 무거운 주름으로 축 늘어져 있었고, 입술은 혈색을 잃고 파리했다.

러시아인 역시 작은 충격에도 균형을 잃고 쓰러졌을 것이다. 선 채로 잠들어 있었으니까.

라 프로비당스 선상에는 모든 것이 닫혀 있었고 쥐 죽은 듯 고요했다. 말 두 마리는 바지선에서 1백 미터 정도 떨어진 나무에 묶여 있었다.

선원들은 도시로 나가 상복을 주문했다.

『라 프로비당스호의 마부』 연보

제목

Le Charretier de La Providence

집필일

1930년 여름

집필 장소

프랑스 에손 모르상쉬르센 부근의 낭디(센에마른), 심농의 배 〈오스트로고트〉호 선상

초판 인쇄일

1931년 3월

초판 발행 출판사

Arthème Fayard & Cie

초판 서지 정보

판형 12 × 19cm, 분량 250면

초판 표지 사진

André Vigneau

작품 배경

에페르네, 파리

참고 사항

1928년부터 선박 유람에 관심을 가지기 시작한 심농은 〈지네트〉호를 타고 프랑스의 운하와 강들을, 1929년에는 자신의 배 〈오스트로고트〉호를 몰고 유럽 북부 운하들을 둘러본다. 그가 운하와 함께 살아가는 물길 안내인, 선원, 수문지기, 마부들의 세계에서 큰 영감을 받은 것도, 〈매그레 반장〉이라는 인물을 구상한 것도 이 여행을 통해서였다. 『라 프로비당스호의 마부』는 이때 얻은 영감이 녹아든 첫 작품이라 할 수 있다.

세계 주요 출간 현황

- 미국 초판: *The Crime at Lock 14*(Covici, Friede, 1934), *Lock 14*(Penguin books, 2006)
- 영국 초판: *The Crime at Lock 14*(Hurst & Blackett, 1934), *Maigret Meets a Milord*(Penguin Books, 1963), *Lock 14*(Penguin Books, 2003)
- 캐나다 초판(영어): *The Crime at Lock 14*(McLeod, 1934)
- 이탈리아 초판: *Il carrettiere della Provvidenza*(A. Mondadori, 1932)
- 독일 전집: *Maigret und der Treidler der 'Providence'*(Diogenes, 2008)

영화 및 TV 드라마 각색

- 「The Crime at Lock 14」(1963), 영국, BBC, TV 드라마, Rupert Davies 주연
- 「Le charretier de La Providence」(1980), 프랑스, Antenne 2, TV 드라마, Marcel Cravenne 감독, Jean Richard 주연
- 「Maigret et la croqueuse de diamants」(2001), 프랑스/벨기에, TV 드라마, André Chandelle 감독, Bruno Crémer 주연

조르주 심농 연보

1903년 출생 2월 13일 조르주 조제프 크리스티앙 심농Georges Joseph Christian Simenon이 벨기에 리에주 레오폴드 가 26번지에서 보험 회사 직원인 데지레 심농과 앙리에트 브륄 사이의 첫째로 태어남.

1906년 3세 9월 21일, 조르주의 동생 크리스티앙 출생.

1908년 5세 기독교 학교인 앵스티튀 생앙드레 데 프레르에 입학.

1914년 11세 예수회 교도들이 운영하는 생루이 중학교에 입학.

1915년 12세 생세르베 중학교로 전학해, 별 두각을 드러내지 못한 채 3년 동안 다님.

1918년 15세 아버지가 중병으로 쓰러지자 학업을 그만두고, 서점 등에서 이런저런 잡일을 하며 생계를 꾸림.

1919년 16세 벨기에 일간지 「가제트 드 리에주Gazette de Liége」에 입사. 1922년 12월까지 그곳에서 여러 가명으로 약 1천 편의 기사를 씀. 첫 콩트 중 하나인 『미지근한 과일 졸임 그릇Le Compotier tiède』을 씀.

1920년 17세 〈라 카크〉라는 술집을 드나드는 무명 예술가 및 작가

들과 교제하기 시작.

1921년 18세 화가 레진 랑숑을 만남. 심농은 그녀에게 티지Tigy라는 별명을 붙여 주고, 단 12부만 인쇄한 소책자 『우스꽝스러운 사람들*Les Ridicules*』을 바침. 첫 소설 『아르슈 다리에서*Au Pont des Arches*』가 조르주 심이라는 이름으로 출간. 11월 28일 아버지 데지레 심농이 44세의 나이로 사망. 심농은 즉시 자원 입대해 군 복무를 하기로 결심함.

1922년 19세 12월 파리 북역에 도착.

1923년 20세 레진 랑숑과 결혼하고 트라시 후작의 비서로 일하기 시작함.

1924년 21세 다소 가벼운 잡지들에 콩트를 쓰기 시작. 이 소설들은 장 뒤 페리, 조르주마르탱 조르주, 곰 귀, 크리스티앙 브륄, 조르주 심 같은 20여 개의 가명으로 출간됨.

1925년 22세 가을이 끝날 무렵 조제핀 바케르를 만남. 그들의 열정적인 관계는 1927년 6월까지 지속됨.

1928년 25세 선박 유람에 관심을 가지기 시작해 〈지네트〉호를 타고 프랑스의 운하와 강들을 유람함. 물길 안내인, 선원, 수문지기, 마부들의 세계에서 많은 영감을 받게 됨.

1929년 26세 주간지 『데텍티브*Détective*』에 조르주 심이라는 가명으로 퀴즈 식의 짧은 이야기들을 실음. 〈오스트로고트〉호를 타고 유럽 북부 운하들을 둘러봄. 9월 네덜란드의 델프제일 항에서 배를 수리하는 동안 처음으로 〈매그레 반장〉이라는 인물을 구상.

1930년 27세 조르주 심이라는 가명으로 낸 『작품집*L'Œuvre*』에 매그레 반장을 주인공으로 내세운 이른바 대중적인 소설 「불안의 집 La Maison de l'inquiétude」을 실음. 여세를 몰아 쓴 『수상한 라트비아인*Pietr-le-Letton*』을 출판인 아르템 파야르에게 보내나 아르템은 시큰둥한 반응을 보임.

1931년 28세 성공을 확신한 심농은 다른 두 편의 매그레, 『갈레 씨, 홀로 죽다*Monsieur Gallet, décédé*』와 『생폴리앵에 지다』를 쓰고, 결국 아르템 파야르에서 출간됨. 2월 20일 이 두 편의 소설이 〈인체 측정 무도회〉란 이름의 출간 기념회에서 소개되어 예상과 달리 큰 성공을 거둠. 그리하여 이해에만 무려 열한 편의 매그레가 출간됨.

1932년 29세 새 매그레 여섯 편이 출간됨. 4월 심농의 소설을 원작으로 한 첫 장편 영화, 장 르누아르의 「교차로의 밤*La Nuit du carrefour*」 개봉. 몇 주 후에는 장 타리드의 「누런 개*Le Chien jaune*」가, 그리고 1933년에는 아리 보르가 매그레 반장 역을 맡은 쥘리앵 뒤비비에의 「타인의 목*La Tête d'un homme*」이 개봉.

1933년 30세 추리 소설 컬렉션에 넣지 않을 첫 번째 작품 『운하의 집*La Maison du canal*』을 본명으로 출간. 그리고 「파리수아르*Paris-Soir*」 주관으로 트로츠키와 대담을 나누는 등 여러 편의 르포를 주요 잡지에 게재. 10월 가스통 갈리마르와 출판 계약을 체결.

1934년 31세 소설과 르포를 번갈아 냄. 갈리마르는 『세입자*Le Locataire*』를, 파야르는 수사 시리즈를 마친다는 의미로 간단하게 『매그레*Maigret*』라는 제목을 붙인 열아홉 번째 매그레를 출간.

1935년 32세 세계 일주를 하며 『흑인 구역*Quartier nègre*』과 『일주*Long cours*』(1936년 출간) 같은, 〈이국적〉 소설들을 씀.

1938년 35세 『지나가는 기차를 바라본 남자*L'Homme qui regardait passer les trains*』, 『라 수리 씨*Monsieur La Souris*』, 『항구의 마리*La Marie du port*』 등 주요 작품 여러 편이 갈리마르에서 출간.

1939년 36세 4월 19일 브뤼셀에서 티지가 첫 아들 마르크를 출산.

1940년 37세 샤랑트앵페리외르 지역 벨기에 피난민 고등 판무관으로 임명됨. 그를 진찰한 한 의사가 앞으로 2~3년밖에 살지 못할 거라는 진단을 내려, 겁을 집어먹은 그는 곧바로 첫 자전적 작품 『나는 기억한다*Je me souviens……*』를 유언 삼아 쓰기 시작함.

1942년 <u>39세</u> 생메스맹르비외에 정착.『쿠데르 씨의 미망인*La Veuve Couderc*』과, 제목 그대로 매그레 반장이 돌아왔음을 알리는 단편집『매그레 반장, 돌아오다*Maigret revient*』를 갈리마르에서 출간.

1945년 <u>42세</u> 나치에 부역했다는 혐의로 〈거주지 지정〉을 강요당해 사블돌론에서 지내다가 파리에 몇 달 머문 다음, 염두에 뒀던 미국행을 준비. 10월 티지, 마르크와 함께 뉴욕에 도착. 11월 캐나다 여성 드니즈 위메를 만나 첫눈에 반함. 이 첫 만남은 이듬해 초에 출간된『맨해튼의 방 세 개*Trois chambres à Manhattan*』에 생생하게 묘사됨. 이 책을 시작으로 이후 그의 모든 작품들은 프레스 드 라 시테 출판사에서 출간됨.

1946년 <u>43세</u> 아내 티지, 정부 드니즈와 함께 자동차로 미국 횡단 시도. 11월 플로리다에 정착. 쥘리앵 뒤비비에가『이르 씨의 약혼*Les Fiançailles de Monsieur Hire*』을 원작으로 영화「패닉*Panique*」을 제작함.

1947년 <u>44세</u> 애리조나의 투손으로 이사. 그곳에서『잃어버린 암말*La Jument perdue*』과『눈은 더러웠다*La Neige était sale*』를 씀. 투마카코리에 잠시 머문 다음, 1949년 다시 투손으로 돌아감.

1948년 <u>45세</u> 앙드레 지드의 권고에 따라『나는 기억한다……』의 분량을 늘려 소설화한『혈통*Pedigree*』을 출간.

1949년 <u>46세</u> 제2차 세계 대전 동안 나치에 부역했다는 혐의를 벗음. 9월 29일 드니즈가 투손에서 둘째 아들 장, 일명 존을 출산.

1950년 <u>47세</u> 티지와 이혼하고 드니즈와 결혼. 코네티컷의 레이크빌에 5년간 정착함. 이 시절 심농은『에버튼의 시계 수리공*L'Horloger d'Everton*』,『매그레 반장의 권총*Le Revolver de Maigret*』을 비롯한 스물여섯 편의 소설을 써낼 정도로 왕성한 창조력을 발휘함. 토마 나르세자크가『괴짜 심농*Le Cas Simenon*』을 출간.

1951년 <u>48세</u> 앙리 드쿠앵이 연출하고 장 가뱅과 다니엘 다리외가 출연한 영화 「베베 동주에 관한 진실La Vérité sur Bébé Donge」 개봉.

1952년 49세 로얄 아카데미 회원으로 임명됨으로써 프랑스와 벨기에로 금의환향.

1953년 50세 레이크빌 인근에서 드니즈가 딸 마리조르주 심농, 일명 마리조를 출산.

1955년 52세 유럽으로 완전히 돌아와 가족과 함께 처음에는 무쟁, 나중에는 칸에 거주함.

1957년 54세 가족과 함께 스위스의 보 주(州)에 있는 에샹당 성에서 살기로 결정. 장 들라누아가 장 가뱅 주연의 「매그레 반장, 덫을 놓다Maigret tend un piège」를 제작. 그는 1959년, 역시 장 가뱅이 주연을 맡은 「매그레 반장과 생피아크르 사건Maigret et l'affaire Saint-Fiacre」도 제작함.

1959년 56세 로잔에서 드니즈가 막내 피에르를 출산. 프레스 드 라 시테가 심농이 쓴 몇 안 되는 에세이 중 하나인 『프랑스 여성La Femme en France』을 출간함.

1960년 57세 제13회 칸 영화제 심사 위원장을 맡음. 의학 소설 『곰 인형L'Ours en peluche』 출간.

1962년 59세 드니즈의 하녀 테레자 스뷔를랭과 연인 관계를 맺기 시작. 그녀는 서서히 그의 동반자 자리를 차지하게 됨. 장 피에르 멜빌이 심농의 동명 작품을 영화화한 「페르쇼 가의 장남L'Aîné des Ferchaux」을 제작. 장 폴 벨몽도와 샤를 바넬이 주연을 맡음.

1963년 60세 에샹당을 떠나 로잔 근처의 에팔랭주에 정착. 『비세트르의 고리Les Anneaux de Bicêtre』를 출간.

1966년 63세 9월 3일, 네덜란드 델프제일 항에 매그레 반장 동상이 세워짐.

1967년 64세 심농 전집(72권)이 랑콩트르 출판사에서 출간되기 시작. 1971년 영화되기도 한 작품『고양이*Le Chat*』출간.

1970년 <u>67세</u> 1929년에 재혼해 조제프 앙드레 부인이 된 어머니 앙리에트 심농이 90세의 나이로 리에주에서 사망. 두 번째 자전적 작품『내가 늙었을 때*Quand j'étais vieux*』출간.

1972년 <u>69세</u> 마지막 본격 소설『결백한 자들*Les Innocents*』과 마지막 매그레『매그레와 샤를 씨*Maigret et Monsieur Charles*』를 출간. 9월 18일 평소처럼 서류 봉투에 책 제목을 쓴 후 갑자기 이 책을 쓸 수 없다는 것을 깨닫고, 즉시 소설 창작에 마침표를 찍기로 결심.

1973년 <u>70세</u> 더 이상 다른 사람 아닌 자기 자신의 입장에 서기로 결심하고, 녹음기를 장만해 자신에 대해 말하기 시작.

1974년 <u>71세</u> 에팔랭주를 떠나 로잔의 〈라 메종 로즈(장밋빛 집)〉로 이사.『어머니께 보내는 편지*Lettre à ma mère*』출간.

1975년 <u>72세</u> 스물한 편의 〈구술*Dictées*〉 가운데 첫 두 편,『남다르지 않은 사내*Un homme comme un autre*』와『발자국*Des traces de pas*』출간.

1976년 <u>73세</u> 심농 재단을 설립한다는 조건으로 리에주 대학교에 자신이 소장한 문학 자료들을 기증.

1978년 <u>75세</u> 5월 19일 마리조가 권총으로 자살함.

1981년 <u>78세</u> 마지막 〈구술〉 네 편(『우리에게 남은 자유*Les Libertés qu'il nous reste*』,『잠든 여인*La Femme endormie*』,『낮과 밤*Jour et nuit*』,『운명*Destinées*』), 그리고 그의 작품 중 가장 분량이 많은『내밀한 회고록*Mémoires intimes*』을 출간.

1985년 <u>82세</u> 6월 24일 첫 아내 레진 랑송 사망.

1989년 <u>86세</u> 9월 4일 월요일, 스위스 레만 호숫가, 로잔의 보 리바주 호텔에서 사망.

매그레 시리즈 04 라 프로비당스호의 마부

옮긴이 이상해는 한국외국어대학교와 동 대학원 불어과를 졸업하고 프랑스 스트라스부르 대학, 릴 대학에서 박사 과정을 수료했다. 옮긴 책으로 베르코르의 『바다의 침묵』, 에드몽 로스탕의 『시라노』, 미셸 우엘벡의 『어느 섬의 가능성』, 샨 사의 『바둑 두는 여자』, 『여황 측천무후』, 파울로 코엘료의 『11분』, 『베로니카, 죽기로 결심하다』, 크리스토프 바타유의 『지옥 만세』 등이 있다. 『여황 측천무후』로 제2회 한국출판 문화 대상 번역상을 수상했다.

지은이 조르주 심농 옮긴이 이상해 발행인 홍지웅
발행처 주식회사 열린책들 주소 경기도 파주시 교하읍 문발리 499-3 파주출판도시
대표전화 031-955-4000 팩스 031-955-4004 홈페이지 www.openbooks.co.kr
Copyright (C) 주식회사 열린책들, 2011, Printed in Korea.
ISBN 978-89-329-1504-3 03860 발행일 2011년 5월 20일 초판 1쇄
2011년 5월 25일 초판 2쇄

이 도서의 국립중앙도서관 출판시도서목록(CIP)은 e-CIP 홈페이지(http://www.nl.go.kr/ecip)와 국가자료공동목록시스템 (http://www.nl.go.kr/kolisnet)에서 이용하실 수 있습니다.(CIP제어번호: CIP2011001888)

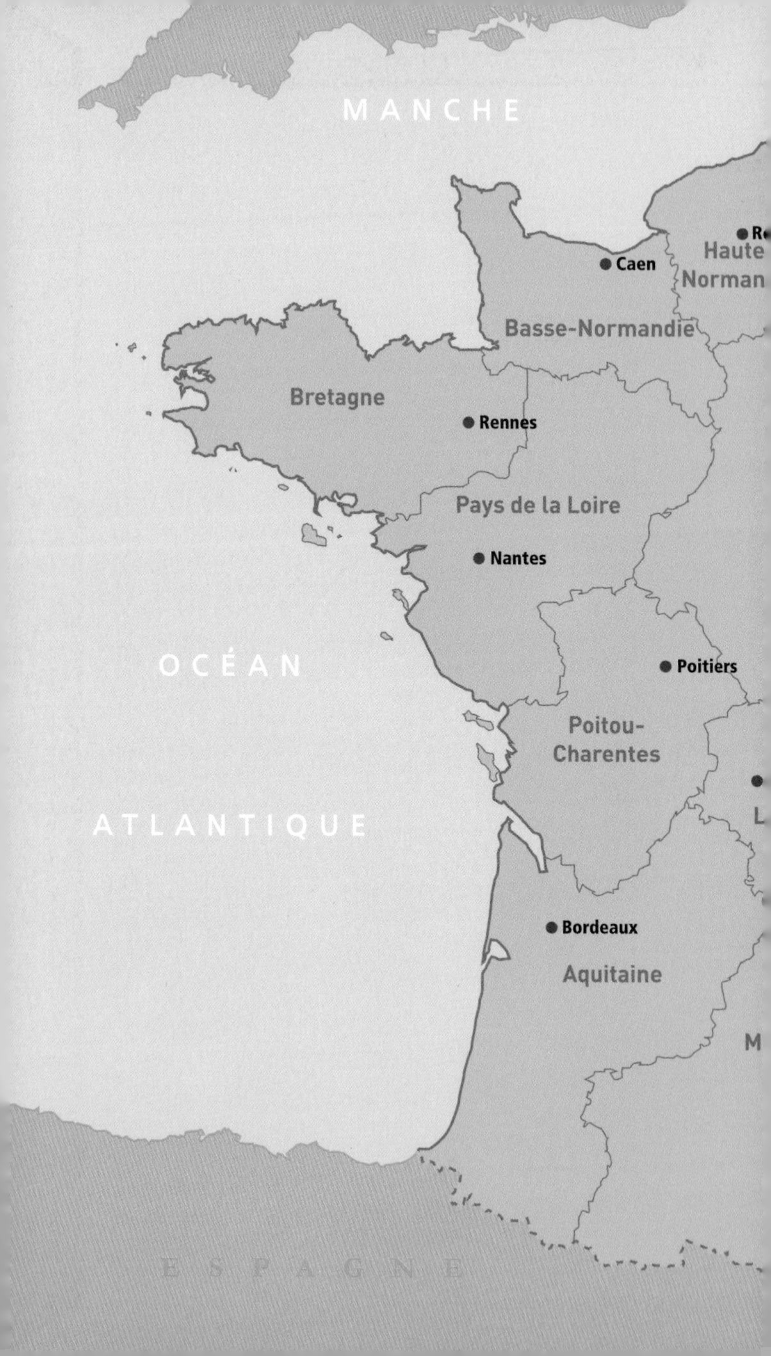
MANCHE
Caen
Haute
Norman
Basse-Normandie
Bretagne
Rennes
Pays de la Loire
Nantes
OCÉAN
ATLANTIQUE
Poitiers
Poitou-
Charentes
Bordeaux
Aquitaine
ESPAGNE